誰會觸碰妖怪翅膀
Author 非逆
Illustration 烯
三日月
輕世代 FU
WHO WILL TOUCH T
MONSTERWIN

CONTENTS

WHO WILL TOUCH THE MONSTER WINGS

第一章

又來了，又是同樣的惡夢。

這是沈知陽這段時間以來，第幾次夢到這種東西了？

血，到處都是血。放眼望去，所有的一切都浸泡在黏稠的紅色裡。就連他的雙手也是。

不，不對。那不是他的手。

這雙像爪子一樣，尖銳、細長、骨節突出的大手，不是屬於他的，對吧？

因為如果是的話，為什麼他沒有辦法阻止自己的手撕裂眼前這個人的腹腔，將裡頭的內臟掏出來呢？

指甲刺穿皮膚的阻力，陷入充滿韌性的肌肉裡，人的皮膚拒絕在他的暴力下分開，所以他不得不更加用力。人類的皮膚組織比他想像得更有彈性。

堆疊在腹腔裡的臟器，當它們暴露在沈知陽眼前時，還在規律地跳動。

沈知陽並沒有感到飢餓，但他一定是餓了，因為他的手抓住一節柔軟熱燙的腸子，就迫不及待地往嘴裡送。

嗚嘔——

沈知陽倒抽一口氣，睜開眼。腸胃一陣陣痙攣，他連滾帶爬地跌下床，衝進浴室裡。內臟的口感在他嘴裡顯得無比真實，貼著他的舌頭蠕動，幾乎就像要鑽進他的喉嚨。

沈知陽跪倒在馬桶旁的磁磚上，抓住馬桶蓋，拚命嘔吐起來。

血腥味依然在口腔裡瀰漫，就算被胃酸和膽汁侵襲，他依然可以嘗到一絲絲鐵質甜膩的味道。

「哈……」

沈知陽顧不得噁心的氣味，趴伏在馬桶上喘著氣。他的耳裡依然嗡嗡作響，現在醒來後，他才突然意識到，剛才那個夢境有多吵。

那個在夢中被開膛剖肚的女人，從頭到尾都在放聲尖叫；叫聲的頻率之高、音調之尖銳，讓沈知陽幾乎忽略了它的存在。

他的頭又一陣暈眩，他對著馬桶，再度乾嘔。他只能慶幸自己剛才還來得及把過長的頭髮抓起來。

昨天晚上已經吃了兩顆安眠藥，他還以為這樣就能讓自己睡得夠熟。看來還不夠。

他到底要怎麼樣才能好好睡上一覺？

「知陽，知陽？」

中年女子的呼喚聲從走廊上逐漸接近，然後是輕敲浴室門的聲音。

「進來，我門沒鎖。」

沈知陽勉強擠出一絲微笑，回頭看向浴室外的走廊。門豈止沒鎖，他根本連關上門的時間都沒有。沈知陽的喉嚨被胃酸灼傷，使他的聲音有些沙啞。

他皺起眉，清了清喉嚨。

「你還好嗎？真的不要去看醫生？」

中年女子慈愛的臉龐上寫滿了擔心。

「不用啦，媽。」沈知陽撐著馬桶站起來，但突然的動作令他一陣暈眩。他瞇起眼，平衡住身體，然後按下沖水閥。「我應該只是有點腸胃型感冒？」

「可是你已經這樣幾次了……」

「三次。」沈知陽盡可能篤定地回答。「就三次。」

「你確定嗎？」

「真的啦。」沈知陽說。「媽，妳讓我洗個臉，不然我上學要遲到了。」

他的養母抿了抿嘴，似乎還想說點什麼，但最後選擇放棄。

「等一下記得帶早餐出門喔。」她說。「在桌上的便當袋裡。」

「好。」

等到養母的身子消失在浴室門口，沈知陽便轉向洗手臺。他扭開水龍頭，讓水流嘩啦啦直響。他捧起水漱口一次、兩次，又把水拍在臉頰上。

嘴裡噁心的味道依然揮之不去，沈知陽皺起鼻子，拿起牙刷和牙膏。他一邊刷牙，一邊打量著鏡中的自己。

他的養父母從來沒有和他說過他是被領養的。他們不用說，只要有眼睛的人都看得出來，因為沈知陽長著一頭不該出現在亞洲人身上的金髮。他的皮膚也比身邊大多數的人都白皙，鼻梁上布滿淺淺的雀斑。

不用別人告訴他，他自己就知道他和他們不一樣。

沈知陽把過長的髮絲推到腦後。他的頭髮長得很快，有點太快了，所以後來沈知陽就放棄把頭髮維持在肩膀以上的長度。他會放任頭髮長到後背，然後再一次剪短到後腦杓。現在，他的金髮才剛長過衣領。

就連他的眼睛，都是不該出現在亞洲人身上的淺棕色。如果拍照的時候陽光夠強，或是開到閃光燈，他的眼睛甚至會看起來像金色。

養母總是會說他的眼睛很美，因為與眾不同，所以特別漂亮。但是此刻沈知陽一點都不覺得他的眼睛漂亮；他的眼白布滿了血絲，眼睛下方有一圈深深的黑眼圈。

牙膏的薄荷味終於勉強蓋過令他作嘔的血腥味，沈知陽吐掉嘴裡的泡沫，捧起水漱口。

內臟的口感突然再度浮現，沈知陽的喉嚨反射性地收縮了一下，胃酸又一次威脅著要湧進他的嘴裡。

沈知陽乾咳幾聲，又漱口好幾次。

救命，他覺得他根本就不是腸胃型感冒，應該是胃食道逆流。繼續這樣下去，會不會哪天就胃穿孔了？

等到他確定自己不會再度反胃之後，沈知陽把頭髮綁成一束馬尾，離開浴室。他換上制服，揹起書包，在經過餐桌時，順帶拎起養母準備的便當袋。

「媽，我出門嘍！」沈知陽一邊穿鞋，一邊對著養父母的主臥室喊道。

養母在房間裡回了他一聲「好」，沈知陽便打開通往公寓走廊的大門。

就在他反手將外頭的防盜鐵門關上時，他自己在鐵門中的倒影，讓他像是被燙到般瑟縮了一下。他倏地回過頭，心臟怦怦直跳。

有那麼一瞬間，他以為身後有另一個人在看著他。但是當他回頭時，走廊上當然一個人也沒有。他們家的公寓位於老式公寓建築的三樓，這一層只有四戶人家，大門兩兩相對。他看到的，大概就只是對面那間公寓大門反射出來的鏡像而已。

這不是他第一次產生這種異樣的感覺了，但是話說回來，今天被那樣的惡夢驚醒，他就算有點神經質，也是無可厚非的吧？

沈知陽抓緊手裡的便當袋，快步跑下樓梯。

✧

或許體內的安眠藥還沒有完全代謝掉，沈知陽的腳步有點不穩。下了公車，沈知陽和其他穿著同樣制服的學生匯集成一群，站在人行道上，準備過馬路。

沈知陽的耳朵裡戴著耳機，所以他一開始並沒有發現身邊多了一個人。他的手臂比他早感知到另一個人的存在，皮膚上靜電般的感覺，讓他反射性地轉過頭。

和他視線平行的是對方的襯衫領子，還有散在領子四周的黑髮。沈知陽愣了愣，抬起頭。

他看見一雙盛滿笑意的黑色眼睛和微微上揚的嘴唇，高挑的男孩舉起一隻手，對著沈知陽動動手指。

「呃，我？」

沈知陽往自己的另一側看去，想確定男孩打招呼的對象是不是別人。另一邊站著的學生一樣戴著耳機，看都沒有往他們的方向看一眼。

沈知陽再度轉向男孩，摘下耳機。

「對啊，你。」

高個子的男孩像是在憋笑，用有趣的目光看著沈知陽困窘的模樣。

「我認識你嗎？」

「我猜應該不認識。」男孩說。「我只是……有一點好奇。你也是這裡的學生嗎？」

沈知陽朝自己的身上打了一個手勢。

「我穿著跟你一樣的制服，所以……」

男孩咧嘴一笑，露出明顯的虎牙。

「對，我知道。」男孩伸手指了指沈知陽的頭髮。「你的頭髮很好看。」

「呃。」沈知陽說。過了一秒，他才補上一句。「謝謝。」

男孩和他沉默地對視了一會，然後噗哧一聲笑了出來。

「對不起，我知道我的臺詞很爛。我只是剛到新環境，有點緊張。」男孩搖搖頭，略長的黑髮在他的臉頰兩側輕輕搖晃。「但感覺我現在把場面搞得更尷尬了。」

男孩的笑聲很好聽，有一種清爽的感覺，讓沈知陽想到某個電臺主持人的聲音。

「對，有一點。」沈知陽同意，也忍不住笑了起來。

綠燈亮起，沈知陽和其餘的學生一起穿越馬路，男孩繼續走在他身邊。沈知陽悄悄打量男孩的服裝，看著他襯衫袖子上清晰的折線。他的書包看起來也很新，印有校名的帆布顏色還很鮮豔，不像沈知陽的已經飽經日曬雨淋，布滿刮痕和不知哪來的汙漬。

注意到沈知陽的目光，男孩又對他露出淺淺的微笑。沈知陽有點難為情地撇開視線。

一直盯著人看未免太沒禮貌了。沈知陽可以選擇把耳機戴回去，假裝這個男孩不存在。但是男孩的笑容就像是某種邀請，如果沈知陽拒絕對方，反而會讓他覺得自己變成壞人。

沈知陽清清喉嚨，試著找一些話題打破沉默。距離學校還剩下一段短短的路程，只要走進校門，他們就可以分道揚鑣了。

「所以……你是轉學生還是什麼的嗎？」

「對啊。」男孩說。「今天是我轉來的第一天。我是不是看起來很蠢？新制服穿在身上的感覺超怪。」

「你是說我們學校的制服很蠢嗎？」

「啊，我不是那個意思啦。」

沈知陽微微一笑，至少現在困窘的人不止他一個了。

男孩把一側的頭髮撥到耳後，吐出一口氣。「不管轉學多少次，我都還是很緊張。一緊張，我就想要找人說話。抱歉。」

沈知陽從來沒有轉過學，但是他想他可以理解。每次分班、升學，接觸到新同學時，他也需要一段時間的適應期。

「沒事，我懂。」沈知陽向他保證道。「我也會。我是說緊張的部分。只是我不會找人講話。」

他會更傾向躲在安全的角落，先觀察四周的環境，再決定他該和哪些人接觸，或是迴避哪些群體。他極富混血感的外表，在小時候就讓他更懂察言觀色的重要性。

他們和同校的學生一起走上對面的人行道，校門就近在咫尺。沈知陽可以看見今天執勤的教官站在大門邊，和行經的學生打招呼。

「但是，你感覺人很好。」男孩說。

不知為何，惡夢中血肉模糊的畫面突然從他腦中一閃而過。一股反胃感油然而生，讓沈知陽一陣瑟縮。他用力嚥下一口口水，將胃酸吞了回去。

「是嗎？為什麼？」

「我像個超級怪胎，但是你還沒有被我嚇跑啊。」

男孩的笑容，讓沈知陽剛才緊繃的胸口稍微舒緩了一點。他拉了拉自己的髮尾，對男孩歪嘴一笑。

「嗯，我懂什麼是怪胎，所以……」他聳聳肩。

男孩不以為然地搖搖頭。

「你才不怪。我這輩子沒見過能把金髮駕馭得這麼好的人。」

沈知陽挑起眉。男孩這句話說得太順口，沈知陽甚至沒辦法判斷他是不是在嘲諷自己。

進了校門之後，沈知陽準備往自己的高二教室走去，男孩則往教學大樓的另一個方向比劃了一下。

「我要先去找未來的班導了。」男孩把雙手插進口袋裡，對沈知陽歪了歪頭。「謝謝你。之後有機會在學校裡看到你吧。」

「應該吧。」沈知陽說。「我這顆頭，應該蠻好認的。」

男孩再度展開有著虎牙的微笑，然後轉身離開。

沈知陽忍不住又多看了他的背影兩眼。直到走進教室前，他都還在回想剛才這段意料之外的對話。

他的前腳才踏進教室裡，就有人喊了他的名字。

「沈知陽來啦。」

張彥宸的大嗓門從教室後方傳來，穿過教室中其他學生鬧哄哄的說話聲。沈知陽看向張彥宸的座位，屬於他們那個小圈子的其他人，都已經圍繞在張彥宸的桌邊。

沈知陽快步走到自己的座位旁，放下書包和便當袋。

「沈知陽，快來。」許文琴對他招招手。「是不是就差你沒看過了？」

「看什麼？」

沈知陽來到張彥宸的桌子旁，許文琴和江明宇便自動往一邊退開，為他挪出一個空位。梁芷含坐在張彥宸旁邊的座位，沈知陽一眼就看見他們的腳在桌面下交叉在一起。

「我今天早上在群組裡傳的啊。」張彥宸說。「你該不會偷偷靜音我們吧？」

「我才沒有。」

沈知陽從口袋裡拿出手機，有點罪惡感。由於早上沒有睡好的關係，搭公車時，沈知陽不小心睡著了。下車後，他又和那個陌生的男孩說了一整路的話，根本沒機會拿手機出來看。

「你直接從我這裡看啦。」

張彥宸把桌面上的手機推向沈知陽。

「什麼東西？」

「你記得前幾天的那個新聞嗎？」許文琴說。「那個公寓命案。」

沈知陽扮了個鬼臉。

「當然記得。」

老實說，如果不是這幾天鋪天蓋地的新聞報導，沈知陽搞不好就不會作那個惡夢了。他癟了癟嘴，他一點都不想回想起那個夢境的內容，但是這似乎由不得他。

張彥宸像是要講什麼悄悄話似地傾身向前。

「我的手遊群組傳了很猛的照片。」他的眉毛跳動了幾下，看起來很得意。「高畫質無碼喔。」

「什麼？」

「他超噁。」梁芷含翻了個白眼，踢了張彥宸的小腿一腳。「我叫他不要轉傳那種東西，他就是講不聽。」

儘管被自己的女友挖苦，張彥宸依然嬉皮笑臉。

「有什麼關係。」張彥宸說。「那是警察拍的啊。」

「那不代表別人想看啊，白痴。」

沈知陽皺起眉頭。他知道每次有什麼社會新聞發生時，張彥宸總是會在他的遊戲群組看見第一手或第二手的照片和影片，但是像這種凶殺案，真的有人能拿到現場的照片嗎？

「沈知陽又不怕。」張彥宸說，一邊把手機螢幕解鎖。

沈知陽的腦子裡有個聲音在警告他別看，但是他的眼睛已經順著張彥宸的手指看了過去。

他幾乎是先產生感覺，才真正看清螢幕上那一整片紅黑色的畫面是什麼。那是一具被開膛剖肚的屍體，他第一時間甚至沒有看出那是個人，在應該是肚子的地方，只剩下一個空蕩蕩的血洞。但他不需要透過視覺也能確認。

血。到處都是血。

覺。

他的舌尖再度嘗到血的味道，還有內臟軟爛的觸感。被蠕動的內臟堵住喉嚨的感覺。

沈知陽抬起手，摀住嘴，強迫自己把湧起的胃酸吞回去。他向後退開一步，遠離張彥宸的手機螢幕。

江明宇抓住他的手臂。

「哇，沈知陽，你要吐了嗎？」

「你昨天是不是又吃藥了？」許文琴問。「你還是睡不好嗎？」

沈知陽點點頭，又搖搖頭。他跌坐在一旁的空位上，閉上眼。

「你看吧，誰像你那麼神經病。」他聽見梁芷含責備道。「轉傳這種東西到底會不會犯法啊？」

「我哪知道，你們不要外流就好啊⋯⋯」

沈知陽的頭一陣暈眩。他嚥了一次口水，然後又一次，試著把腦子裡的畫面排除掉。但是他的大腦好像不受他的控制。

他的感官在那個夢境裡所接收到的，有了照片的輔助，現在變成了更具體的東西。他可以看見那具屍體的四肢，扭曲成人類不該有的姿勢，還有那張臉，那張被血染成紅色、頭髮覆蓋住的臉——

女人嘶啞的尖叫聲再度充斥他的耳朵，就像從他的大腦深處發出。沈知陽用另一隻手摀住一邊的耳朵，試著趕走那個聲音。

到底發生什麼事了？

他真的要瘋了嗎？

「沈知陽，你褲子上那是什麼東西？」

許文琴的話語劃破女人尖銳的嗓音，把沈知陽拉回現實。他勉強撐開眼皮，看向許文琴。

「什麼？」

許文琴伸出一隻手，指向沈知陽大腿與椅子之間的縫隙。「那個啊。你的褲子上是卡了什麼？」

沈知陽放下摀住耳朵的手，順著許文琴所說的方向摸索。他的指尖碰觸到一個柔軟的東西。他稍微挪動一下重心，把手伸到大腿下方。

柔順的觸感，然後是堅硬而光滑的表面，就像一支筆桿。沈知陽的心臟不規則地跳了一下，把那個東西抽了出來，捏在食指與大拇指之間。

是一根羽毛，一根幾乎和他的前臂一樣長的羽毛。在早晨陽光的照射下，羽毛的纖維似乎泛著一層不斷轉變的金屬光澤。

或者，那是他的眼睛出了問題，因為他快要暈倒了？

「哇靠，這麼大一根。」許文琴伸手摸了摸，懷疑地對沈知陽挑起眉。「你被戳到都不會痛喔？完全沒發現？」

「沒有。」沈知陽的聲音有點沙啞。

「你吃的藥量是不是太重了，沈知陽？」許文琴不以為然地看著他。「你這樣會有後遺症喔。」

「沒有啊。」沈知陽撒謊。他猶豫了一下，然後把羽毛遞到許文琴面前。「妳想要就給妳吧。」

許文琴露出燦爛的微笑，將羽毛從沈知陽的手中接過。她在手中轉動著那根羽毛，又對自己的臉搧了兩下。

「這是什麼鳥的毛啊？有夠長的。」

「搞不好是誰的大衣上掉下來的。」江明宇說。「人造的裝飾品之類的。」

「誰會用這種裝飾品啦。」許文琴說。「又不是印第安人。」

「妳是不是種族歧視啊？」

沈知陽咬了咬嘴唇，決定不參與他們的討論。一方面是因為他的反胃感還沒有完全消失，另一方面，是因為他知道那不是任何人衣服上的裝飾。

有時候，早上睡醒時，他也會在床上發現同樣的羽毛。

儘管他不知道這是怎麼發生的，但是他知道，那是他的羽毛。有時候，在他照鏡子時，也會有那麼一瞬間，在鏡中看見自己背後長著一雙巨大的翅膀，同樣布滿這樣又長又粗的羽毛。但是只要他一眨眼，詭異的幻覺就會消失不見。

是從什麼時候開始的？

如果不是因為他真的要瘋了，那就只代表一件事。

他想到他剛才對那個男孩說，他懂什麼是怪胎。但那不完全是事實：他不只是個怪胎而已。

他還是個怪物。

度過了第一節頭昏腦脹的數學課後，就是班導的國文課。沈知陽在第一節下課時前往廁所，想要去洗個臉，讓頭腦清醒一下。

「沈知陽，等我！」

沈知陽回過頭，看見江明宇蹦蹦跳跳地朝他的方向跑來。他和江明宇高一就是同學，上了高二之後又選了同個類組，儘管高一時不算特別熟，但在新的班級裡見到認識的臉，還是讓沈知陽感到親切不已。高二開學第一天，第一節下課時，江明宇就興奮地跑到他身邊和他搭話，好像他們在高一就是摯友似的。

他們自然而然組成了兩人小組，後來又逐漸加入了張彥宸、梁芷含和許文琴，沈知陽到現在依然不太確定這究竟是怎麼發生的。

江明宇快步趕到他身邊，和他並肩而行。

「我快睡著了。」江明宇邊說邊像小狗般甩著頭。「當數學老師的人都好了不起。」

沈知陽微微一笑。

「反正你就算睡整節，還是考得比我們都好啊。」

「那是運氣，運氣啦。」

他們抵達走廊盡頭的廁所。狹長的男廁一半是小便斗，另一半是有門的隔間。小便斗上方的日光燈已經壞了快一個星期，在他們頭頂上閃個不停。

「他們什麼時候才要來修啦。」江明宇一邊在其中一個小便斗前就定位，一邊抱怨。

「再閃下去，眼睛真的要瞎了。」

「可能想要等到整個打不開了再來換吧。」沈知陽說，走到洗手臺前。

他扭開水龍頭，讓冰涼的水從他的指縫間流過。

啪噠——

沈知陽倏地回過頭。

「怎麼了？」江明宇問。

「沒。我剛才……」沈知陽嚥了一口口水。「沒事。」

啪噠——

液體滴落在地上的聲音，確實是從他身後傳來的，那絕對不是水龍頭的聲音。但是他回頭，卻什麼也沒有看到。

沈知陽突然覺得頭皮一陣發麻。

他彎下腰，用手捧起水拍在臉上，拒絕閉上眼睛。不知為何，他覺得閉上眼洗臉之後，再度睜開時，他好像會看見什麼他不想看到的東西。

沈知陽用冰水打溼臉頰和鼻梁，試著緩和怦怦狂跳的心臟。冷靜，沈知陽。他對自己說。他只是沒有睡好，剛才又被張彥宸傳的照片嚇到了，所以有點精神恍惚而已。

沈知陽感覺江明宇走到他身邊，打開水龍頭開始洗手。他直起身子，看向鏡子。稍微平息下來的心跳就像被人催了油門一樣，再度瘋狂加速。

鏡子裡的江明宇正在洗手，嘴巴移動著，好像在說話，但是沈知陽沒有聽到。屬於他自己的那個身影，沒有像他一樣弓著肩膀，而是直直地站在那裡，雙眼和他對視，金棕色的虹膜幾乎就像在發光。那對巨大的翅膀在他身後大大張開，從他背脊延伸出去的肱骨幾乎和他的手臂一樣粗。

鏡子裡的他，臉頰兩側布滿細碎的羽毛，直到他的顴骨。

沈知陽沒有辦法眨眼。鏡子裡的那個人，既是他、又不是他。

「……知陽。沈知陽！」

一隻手用力抓住他的上臂，江明宇的叫聲直接衝進他的耳中。

沈知陽一個踉蹌，向後退開。江明宇的手指抓得他有點痛，但是沈知陽還是很高興有他在身邊，才沒有一屁股摔倒在髒兮兮的廁所地板上。

他眨眨眼。鏡子裡的影像看起來再正常不過。

「你今天怎麼了，沈知陽？」江明宇的表情有點困惑。「你懷孕了嗎？你在害喜嗎？」

他的困惑看起來實在過於認真，讓沈知陽忍不住翻了個白眼。

「請不要一本正經地問這種問題。」

他的喉嚨有點緊縮，他用力清了清喉嚨。

當江明宇拉著他走出廁所時，沈知陽不由自主地轉頭看向那一排有門的小隔間，眉頭微微一皺。磁磚上傳來被腳踩出的壓力，那更像是感覺到的，而不是真的聽見腳步聲。好像有人要從隔間裡走出來，但是當他看過去的時候，每一扇隔間門都是開著的。

廁所裡的日光燈閃得沈知陽的眼睛很不舒服。他的寒毛直豎，跟著江明宇快速回到走廊上。

進入教室裡之後不久，許文琴就從後門走了進來，手上提著一個環保袋。她「啪」地一聲在沈知陽的桌上放下一罐運動飲料。

「這是……？」

「當作你用羽毛跟我換的。」許文琴對他眨了眨眼。「而且你今天看起來很不舒服。

喝一點電解質會舒服一點。」

沈知陽對她微笑，拿起冰涼的寶特瓶貼在臉頰上。

許文琴走到梁芷含和張彥宸的桌邊，拿出幾個麵包和脫脂牛奶。

「一百二。」許文琴對張彥宸伸出手。「跑腿費再加五十。」

「屁啦！」張彥宸說。「找日本代購都沒有妳貴。」

「那你找他們幫你買早餐啊。」

沈知陽看著自己的朋友們鬥嘴，盡可能保持什麼都不想的狀態。他打開許文琴送給他的運動飲料，喝了一大口，酸甜的口感終於讓他覺得舒服了一點。

他聽著許文琴和梁芷含討論上週末更新的連載漫畫，好像早就忘了早上看到的血腥照片。沈知陽打開手機的通訊軟體，把整個聊天室刪除，這樣他就不會有被同樣的照片嚇到的機會。

上課鐘響，國文小老師已經把老師的提袋放在講桌旁的椅子上了。同學們都還在和身邊的朋友交頭接耳，沈知陽則看見班導的身影經過走廊的窗邊。

她的身後還跟著另外一個人。

沈知陽瞪大雙眼，看著那個男孩高眺的身材和濃密的黑髮。他雖然只見過他一次，但是沈知陽不會認錯人的。

班導從前門走了進來，站上講臺，拍了拍手，吸引學生們的目光。

「班長，今天不用喊口令喔。」班導說。「然後呢，我有一件事要宣布。從今天開始，我們班會有一個新同學加入。」

她轉過身，對著門外的人招了招手。

「以風，來呀。」她說。「跟大家自我介紹一下。」

前面幾排座位的同學好奇地探頭往門外看去，接著一片嘰嘰喳喳的討論聲便在教室裡蔓延開來。

從沈知陽的座位，其實看不見教室門外男孩的樣子，但是他也不需要看。因為下一秒，男孩似乎有點困窘地弓著身子，踏進了教室裡。

他走到班導身邊站定，中分的黑髮在臉頰兩側輕輕晃動。

「大家好，我是夏以風，今天剛轉來這裡。以後還要麻煩大家了。」

儘管有點不確定，他的聲音依然清晰且明亮。說完後，他的雙眼在教室裡環顧了一圈，好像在尋找什麼。

他的視線幾乎是立刻就對上沈知陽的。當他看見沈知陽的臉時，他便露出了大大的微笑，對沈知陽舉起一隻手，動了動手指。

「哈囉，又見面了。」名為夏以風的男孩說道。

「呃。」

突然針對自己發出的話語，讓沈知陽愣了愣。他還來不及做出任何反應，全班所有人的目光就唰地全部轉向他。

眼神像有熱度一般，燒得沈知陽臉頰發燙。他垂下頭，試著用兩頰落下的髮絲遮住臉。

「以風，你已經認識知陽了嗎？」他聽見班導的聲音說。

「只有一點點而已。」夏以風回答。「今天早上，他幫了我很大的忙。」

沈知陽不覺得和他閒聊幾句算是很大的忙，但是也許以夏以風的標準來說算是吧，誰知道呢？

「不然這樣，就讓你坐在知陽旁邊好了，怎麼樣？」班導說。

有人明顯地嘆了一口氣，發出羨慕的嘀咕。

「這樣會不會不太好意思？」夏以風說。「他旁邊的同學，可能會介意……」

沈知陽抬起頭，正好聽見班導喊了他旁邊那個人的名字，要他換到另一排的最後面。

「你就先坐那裡吧。我們之後會再重新抽一次座位。」

「謝謝老師。」夏以風說。

沈知陽看著他身邊的同學拿起書包，把整組桌椅往隔壁排的後方拖。當對方想要把空桌搬到沈知陽身邊時，夏以風便走了上來，伸手接過那張桌子。

「麻煩你了。我自己來就好。」夏以風對對方微笑。

他把桌子搬到沈知陽身邊放下，然後拉著椅子來到空位上。

「嗨。」他對沈知陽說，露出小小的虎牙。

看著他的笑容，沈知陽胸口和腹部的緊繃感，突然間蒸發了。

第二章

「你再說一次，你說你沒有什麼？我剛才沒聽清楚。」

張彥宸側過頭，湊向夏以風的方向，好像自己的聽力不好似的。

夏以風瞥了沈知陽一眼，憋著笑，認真地又說了一次：「我說，我沒有在用ＩＧ或臉書。」

張彥宸搖搖頭，不可置信地看著夏以風。

「你是什麼年代的人啊？就連我阿公都有ＩＧ耶。」

「嗯，但我阿公沒有。」夏以風說。「我從小是給阿公阿嬤養大的，所以就很多方面來說，我其實蠻老派的。」

「這聽起來不是什麼藉口啊。」許文琴說。

「不知道耶，就沒有這個習慣。」夏以風聳聳肩。「就算開了帳號，我也不知道能Ｐ

O什麼啊。」

「什麼都可以PO啊。」江明宇說。「你的自拍、你自己唱歌的錄影、或是寫心情日記……」

「誰沒事要錄自己唱歌啦，又不是偶像！」許文琴回嘴。

「好啦，來。」梁芷含的身子越過桌面，對夏以風招了招手。「手機拿來，我們現在幫你開一個IG帳號。」

張彥宸轉向自己的女友，挑起眉。

「妳倒是很積極嘛。什麼意思啊？」他撅起嘴。「新同學一出現就要拋棄我了？」

梁芷含翻了個白眼。

「你有毛病喔？」

「我先說喔，我不介入情侶吵架的。」

夏以風投降地舉起雙手，看向一旁的沈知陽，眼神像在尋求幫助。但沈知陽只是咯咯笑個不停。

午餐時間，他們就像往常一樣圍著張彥宸和梁芷含的座位吃飯，只是這次，他們之間還多了一個夏以風，他的腿很長，無法縮在椅子和桌腳之間，只能從沈知陽的腿下方伸過去。

沈知陽或許不該感到意外，夏以風既然被班導指派坐在他旁邊，他自然會成為他們這個小團體的一員。但看著夏以風自在地和他們一來一往，沈知陽還是覺得很奇妙。

他們這群人不算被班上同學排擠，但也絕對不是核心人物。張彥宸是個重度手遊玩家，喜歡在網路上看一些奇奇怪怪的東西，女友梁芷含則是扮演在一旁潑他冷水的角色。再來是好像總是過度亢奮的許文琴，以及總是不知道在想什麼的江明宇。還有……沈知陽自己，他是有點沉默、長相又十分奇異的傢伙。

夏以風出現在他們這群格格不入的人中間，反而顯得不對勁。

沈知陽可以感覺到班上其他同學的目光往他們這裡看過來，讓沈知陽感到渾身不自在。他以為他已經不會再成為目光的焦點了——他花了好長一段時間，才讓自己融入周圍的環境裡，不必再承受那些好奇，或者說懷疑的視線。

「你總該有智慧型手機吧？」許文琴不死心地問。「還是你還在拿那個什麼……三三一零？那個現在還能用嗎？」

夏以風噗哧一聲笑出來，瘦長的身軀向前弓起。

「我也沒有那麼老。」他從口袋裡拿出手機，放在桌面上，推到沈知陽面前。「不然，讓知陽幫我開一個帳號好了。如何？」

「我？」

話題突然被拋到自己身上，讓沈知陽錯愕了一下。夏以風拍了拍他的大腿。

「對啊。」他對沈知陽一眨眼，淺淺一笑。「如果我要當偶像，知陽可以當我的經紀人。」

沈知陽挑起眉，打量夏以風的臉，然後發現夏以風也正在打量他。沈知陽突然感覺臉頰升溫，他轉開視線，朝夏以風的手機伸出手，為了轉移注意力。

夏以風幫他解鎖螢幕，然後打開應用程式商店，下載了他們口口聲聲要求他使用的社群程式。他把手機塞進沈知陽手裡。

「我猜你打字應該比我快。」夏以風說。「我用說的，你幫我打？」

沈知陽從來沒有做過這種事，但是他感覺，自己好像也沒有要拒絕的意思。

「好。」

他在用戶名稱的頁面猶豫著，最後用英文拼出夏以風的名字。

「生日？」

夏以風彎起手指，眼睛看向天花板，計算了一下。

「怎麼會有人忘記自己什麼時候出生的啦。」許文琴說。

「沒辦法啊，我家人很少在過生日。」夏以風有點難為情地笑了一聲。「我其實不確定我現在到底是十七還是十八歲。」

「這很重要耶，老兄。」張彥宸說。「這可以決定你今年能不能合法進酒吧耶。」

「我從來沒有考慮過今年要進酒吧。」夏以風鄭重地說。「要喝也是買回家喝，對吧？」

張彥宸大笑一聲。

「那就以十七歲來算好啦。」梁芷含說。

「身分證呢？」江明宇說。「身分證拿出來看一下就知道了啊。」

夏以風正要開口，許文琴就搶先一步了。

「你是警察嗎？」她大笑。「『先生，不好意思，行照和駕照麻煩一下喔。』」

沈知陽看了夏以風一眼，搖了搖他的手機，依然在等待他的答案。

夏以風笑了起來，說：「那就照芷含說的好了，用十七歲來算吧。生日是三月二十號。」

沈知陽照著他的指示，把下拉式選單調整到正確的數字。

創立帳號並不難，沈知陽很快就把夏以風的帳號設定完畢，將手機遞給他。

「你之後再放個照片就好了。」沈知陽指著頭像的位置說。

「照片喔，但我自拍的樣子很奇怪。」夏以風思索了一下，再度把手機推進沈知陽手裡。「不然，你現在幫我拍？」

沈知陽眨了眨眼，有幾秒鐘只是愣在那裡，一動也不動。夏以風想要他幫他拍照？

「好嘍，沈知陽。」張彥宸在一旁竊笑。「你的口水要流出來嘍。」

「隨便拍一張就好。」夏以風保證道。「我絕對不會生你的氣。」

沈知陽嚥了一口口水，壓下自己胸口一點一點騷動的感覺，點了點頭。他打開夏以風的手機相機，看著螢幕上的男孩一手撐著下巴，對他露出甜甜的微笑。

沈知陽把手機還給他。夏以風像是很訝異地睜大眼睛。

「噢，你很會拍耶。」他轉向沈知陽，拍拍他的膝蓋。「我自拍的時候，鼻子都看起來超大的，不知道為什麼。」

沈知陽不知道自己該回應什麼，只是聳聳肩，靦腆地一笑。不過和這群人待在一起的好處就是，他的社交尷尬從來就不會尷尬太久。

「好啦，現在既然有帳號了，就把大家都加一加吧。」張彥宸說。「手機拿來。」

於是夏以風的手機就在幾個人手中輪了一圈，當手機來到沈知陽手上時，他已經可以在夏以風的動態裡看見張彥宸戴著棒球帽，在電動遊樂場玩投籃機的照片了。

沈知陽在搜尋欄位裡輸入自己的帳號，看著自己的頭像出現在搜尋結果的第一欄。

「你本人比照片好看很多，有人跟你說過嗎？」

夏以風的聲音突然離他好近，嚇得沈知陽突然抬起頭。夏以風深邃的黑色眼睛就在他眼前，正微微彎起，帶著笑意。

「呃，沒有。」

沈知陽迴避他的視線，在自己的帳號中按下追蹤。

「好吧。那我現在是第一個了。」

夏以風把手機收回口袋裡，開始吃起他面前的炸醬麵。沈知陽一小口、一小口地吃著他的滷肉飯便當，一邊觀察著夏以風的側臉。

一瞬間，他感覺到有什麼東西在盯著他看，令他的汗毛豎了起來。但是這次他找到了視線的來源，是許文琴，正用好奇的目光看著他，好像在研究他為什麼要一直打量夏以風。

許文琴的視線，不知為何讓他有點緊張。沈知陽垂下視線，專注在自己的便當上。

象徵午睡時間的鐘聲響起，他們的吃飯小圈圈便原地解散，各自回到自己的座位。班長把教室的燈關上，沈知陽則拿起自己掛在椅背上的外套。

眼看夏以風從抽屜裡拿出數學練習本，沈知陽忍不住開口。

「你不睡一下嗎？」

「我要先補這學期前面的進度。」夏以風低聲說。「不然我怕期中考念不完。」

「我們可以幫你。」沈知陽脫口而出。「江明宇的數學超好。」

夏以風低低地笑了起來，聲音在沈知陽的耳朵裡迴盪。

「那就麻煩你們啦。」

沈知陽點點頭，把外套墊在桌面上，趴了下來。早上的身體不適讓他感覺好疲憊。他幾乎一閉上眼就睡著了。當他再度睜開眼時，是教室的鐘聲響起的時候。他一手搓了搓眼睛和半張臉，然後發現坐在隔壁的夏以風，正一手撐著下巴看著他。

發現沈知陽和他對上視線，夏以風便咧嘴一笑。

「有人說過你睡覺的樣子很可愛嗎？」夏以風壓低聲音，靠向他的耳朵，像是怕被別人聽到一樣。

「啊？」

剛才，夏以風是在盯著他睡覺嗎？

「你會面帶微笑耶。」夏以風說。「像那種世界名畫裡的小天使一樣。怎麼了，剛才作了好夢嗎？」

沈知陽正想反駁，但他突然意識到，夏以風說得沒錯。他是作了一個好夢，至少和他最近的惡夢比起來，簡直就像天堂。

他已經很久、很久沒有睡得這麼好了。

「我夢到很香的東西。」沈知陽的嗓音因為剛睡醒而有點沙啞。他打了個呵欠。

夏以風好奇地歪了歪頭。

「什麼很香的東西？」

「不知道。像是……」

沈知陽試著在腦中把夢境裡所感受到的氣味，與他過去的經歷做連結，但是他發現自己一時辨不到。

真要他說的話，他會覺得那個味道很像某種水果、或是糖，甜得連他的舌尖都能感受到。話說回來，為什麼他最近的夢都和味道有關？

最後他只是聳聳肩，沒有把話說完。「我忘了。」

夏以風笑了起來。他伸手輕輕碰了碰沈知陽垂在頸後的馬尾。

「你有沒有考慮把頭髮剪短？」他說。「如果在頭頂上捲捲蓬蓬的，就更像天使了。」

沈知陽反射性地摸了一下自己的頭髮。他的大腦一定還沒有完全清醒過來，所以他才會覺得心底有一股莫名的騷動。

他在想，今天放學之後，好像差不多是時候去剪頭髮了。

高二開始，學校就開放學生留校晚自習。沈知陽的這群朋友並不是特別愛唸書，但他們確實很享受留下來一起吃飯和聚在一起的時光。

放學後，班上大部分的學生都離開了；距離期中考還有一段時間，距離升學考試還有更久的時間，沒幾個人這麼迫不及待地想要開始苦讀。

「你要不要和我們一起留啊，以風？」江明宇問。

夏以風看了沈知陽一眼，像在徵詢沈知陽的意見。沈知陽聳聳肩。

「我是會留下來看書。」沈知陽說。

「那我也一起。」夏以風說。「我家裡平常都沒人，回家也很無聊。」

「還是我們全部都去以風家好了。」張彥宸說。「爸媽不在家，最適合開趴了。」

「不好意思喔，以風。」梁芷含說。「我家這位有點沒禮貌。」

夏以風面帶微笑地對梁芷含搖搖頭。「不會啦。只是我家真的什麼都沒有，很無聊。跟你們待在學校可能還比較好玩。」他轉向江明宇。「知陽說你的數學超好。我等一下可不可以請你教我一些東西？」

「當然好啊。但我不確定我的方法你聽不聽得懂……」

一旁的許文琴拍了拍桌子，從座位上站起來。

「你們晚餐要吃什麼？我餓了。」

經過一番七嘴八舌的討論和好幾次話題的轉移之後，他們終於決定一起去小吃街買那家烤肉飯便當。以張彥宸的說法，那是夏以風轉學過來後最應該嘗試的平價美食。

「而且因為沈知陽不吃雞肉，我們開發了很多沒有雞肉的菜單。」許文琴說。

夏以風挑起眉，轉向沈知陽。

「不吃雞肉？」他說。「你到底錯過了多少好東西啊。」

沈知陽有點難為情地點點頭。「我就……不太喜歡雞肉的味道。」

這不算是事實，因為沈知陽其實不覺得雞肉有什麼特別的味道。只是自從他會看見自己在鏡子裡的異樣之後，每次只要看見雞翅的形狀，他就會感到反胃；久而久之，這種生理反應也延伸到了其他雞肉料理上，他就乾脆連炸雞排跟鹽酥雞都不碰了。

一行人帶著錢包和手機離開了教室。

學校和小吃街只有兩個路口的距離，途中還有幾間手搖飲店。他們去便當店點完餐，等待的同時，又去買了飲料。

飲料店的店員和他們已經很熟了，尤其是沈知陽。其中一個負責點餐的姊姊看到沈知陽時，都會說他長得像陶瓷娃娃；所以每次他們買這家飲料，只要遇到這個姊姊，他們都可以拿到八折的員工價。

今天也是同一個姊姊站在櫃檯，當她看到夏以風時，立刻睜大了眼。

「哎唷，新朋友唷。」姊姊說，一邊對站在一旁的沈知陽露出微笑。「你們什麼時候有了新成員啦？」

「呃，今天？」沈知陽說。

「我剛轉學過來。」夏以風說。

姊姊咧開嘴。「我就想說我一定沒看過你，不然長這麼帥，我怎麼可能會沒印象？」

沈知陽聽見許文琴和梁芷含在後方吃吃竊笑。

「來，想喝什麼？新朋友的這杯，今天我請。」姊姊說。

聞言，張彥宸立刻湊上前，雙手靠在櫃檯上。

「欸，大姊，這有點過分了吧！」他大聲嚷嚷。「以前我們都沒有被請過耶！」

「因為你沒有人家高和帥啊。」江明宇說。

張彥宸回頭瞪了他一眼。「你也沒被請過，老兄。你是站在哪一邊的？」

這下換沈知陽笑了起來。

大家輪流點完餐，站在一旁等待。沈知陽抬頭看著店門口牆上掛著的電視。電視上的談話性節目來賓，正為了某個事件爭得面紅耳赤。但沈知陽定睛一看，才發現，他們的主題是最近發生的那一起命案。

「臺版開膛手傑克」，他們這樣稱呼命案的凶手，因為最近發生的那一起，已經是這幾個月以來第四起類似的案子了。每一個受害者的死狀都大同小異，胸膛到腹部被撕裂，內臟被掏空，現場一片狼籍。

此時，節目上的來賓們，正在爭論這些案子對年底即將到來的選舉有什麼影響。

沈知陽像被什麼東西電到一樣，立刻轉開視線。螢幕上沒有放出命案現場的照片，只有顏色浮誇的字卡，但是「死狀淒慘」和「開膛剖肚」這類的字眼，還是讓他感到不太舒服。

他屏住呼吸，準備迎接又一波的胃酸逆流，但是卻什麼都沒有發生。

沈知陽嚥了一口口水。

「什麼都跟政治有關，對吧？」

沈知陽轉過頭，發現夏以風就站在他身後，也抬頭望著電視。

「嗯？」

「就連命案也跟政治有關。」夏以風笑了一聲。「但這明明應該是跟死者家屬，還有他們的朋友有關才對啊。」

沈知陽看著他微微蹙起的眉頭。

「是啊。」

「飲料好嘍！」櫃檯的姊姊喊道。

夏以風的手搭上沈知陽的背，將一陣酥麻感送進沈知陽的脊椎。

「不要看了。」他說。「這種新聞看多了也不舒服。走吧。」

沈知陽由他推著往櫃檯走去，視線從螢幕上轉開。

大家拿著飲料，又去便當店拿了他們的烤肉飯，一路說著話回去學校。

買完晚餐也不過只花了半個小時，天色就已經轉暗了。當他們回到學校裡時，校內的路燈和走廊上的燈也都打開了。

高二的教學大樓只有幾間教室的燈光是亮著的，沈知陽的班級就是其中一間。他們走進走廊，爬上通往二樓的樓梯。

樓梯間的日光燈閃爍著，讓他們的影子在牆上一閃一滅。沈知陽瞇起眼。他不喜歡這種感覺，好像他的視線也因此跟著忽明忽暗一樣。

「……所以，我就跟他說，你負責打野就好好打野啊，不要來跟我搶兵線啊——」

張彥宸正比手畫腳地向江明宇說著什麼，兩人走過日光燈下方。

沈知陽和夏以風走在他們身後幾步遠的地方，再後面則是梁芷含與許文琴。但是就在張彥宸和江明宇爬上下半段的樓梯時，沈知陽突然感覺到日光燈閃爍的頻率變了。

就好像有什麼東西遮住了燈光一樣。

啪噠——

又是液體滴落到地面上的聲音。沈知陽的頭皮一陣發麻，腳步在階梯上停下。

「知陽？」以風的聲音在他身邊問道。「怎麼了……」

不要抬頭。腦子裡有一個聲音提醒他，但是來不及了。他的視線往天花板的方向望去。

教學大樓的天花板距離地面不算太高，所以他可以清楚看見天花板上的東西。只是有那麼一瞬間，他不太確定自己看見了什麼，但是他的身體比視覺更早感覺到。

一股冰冷的感覺爬上他的背，好像有一隻手指順著他的脊椎往上刮過去。

啪噠——

遮住了大半根燈管的東西，在背光的狀況下，只是一團扭曲的黑影。乍看之下，只像一塊黑色的大型垃圾袋。

然後他才發現，從靠近他的這一端垂下來的東西，不是什麼垃圾袋，而是頭髮。

糾纏在一起，被某種物質黏成了一整片的黑色頭髮。

而頭髮所連接的頭顱，帶著凹陷的黑色眼窩，正以人類不可能辦到的角度向後扭轉，那張臉上的嘴張成一個巨大而扭曲的洞，面對著沈知陽的方向。

沈知陽很確定他沒有「聽到」任何聲音。但是銳利得幾乎快讓他昏厥過去的尖叫聲，就像直接在他的腦中炸開似的，充斥在他的腦殼內。

啪噠——黑色的黏稠液體，從連接在那顆頭後方的身體滴落下來。

沈知陽一陣暈眩。

然後，那團黑色的「東西」動了。它的四肢以不像人類的方式活動，爬行的動作就像蜘蛛。一瞬間，它就移動到沈知陽的頭上，黑色的眼窩直直看向沈知陽的頭頂。

沈知陽感覺不到自己的手腳。

黑色的黏液落在沈知陽的臉上，冰冷腥臭。

「不……」

「知陽，小心——」

扭曲的東西朝他的方向彈了過來。沈知陽反射性地抬起手，試著擋住它迎面而來的攻擊。

他向後退開，但忘了他正站在樓梯上。

沈知陽的腳踩空，背撞上了走在他後方的梁芷含。他看見夏以風瞪大的雙眼。

他想要伸手去抓旁邊的樓梯扶手，但是他手上還提著便當和飲料的塑膠袋。他的手指從扶手頂端溜過，失去最後一點支撐。

重心突然失衡的感覺讓沈知陽一陣反胃。下一秒，他的後腦杓就撞上一個堅硬的東西，傳來一陣劇痛。沈知陽的眼前黑了一瞬，耳裡只剩下彷彿耳鳴般的嗡嗡作響。

「——陽，知陽！」

沈知陽倒抽一口氣，周遭的一切再度重回他的視野中。教學大樓斑駁的天花板就在他上方。疼痛感從他的全身上下襲來，但是最痛的地方是他的頭；他感覺他的頭就要從頭頂中央裂開了。

沒有什麼黑色、扭曲的東西在那裡。樓梯間的燈光也沒有閃爍。

餘光瞥見夏以風的臉。沈知陽勉強偏過頭，看見夏以風跪在他身邊，臉上寫滿了擔心。

「你有辦法坐起來嗎？」他說。「我可以扶你嗎？」

「我……」沈知陽張開嘴，卻幾乎沒辦法發出聲音。他用細小的聲音說道：「我不知道。」

「靠，沈知陽，你有沒有怎樣啊？」

張彥宸的聲音從遠處逐漸靠近，然後沈知陽眼前又出現了其他人。

「對不起，我剛才來不及拉住你。」夏以風說。

「芷含呢？」

沈知陽試著向四周張望，但是他的頭一動，就感到天旋地轉。在他摔下樓梯之前，他知道他有撞到梁芷含。她嬌小的身軀怎麼可能擋得住他向下跌落帶來的重量？

「以風……以風有拉住我。」梁芷含的臉出現在他的面前，看起來驚慌不已。「對不起，我嚇到了，所以我也沒有反應過來……」

沈知陽閉上眼睛，吐出一口長氣。聽見梁芷含的話，讓他緊繃的胸口稍微放鬆了一點。他試著移動自己的手腳，但是他的身體抽痛著，他一時無法分辨自己究竟哪裡受傷了。

「我……有流血嗎？」

「沒有。你沒有流血。」夏以風低聲笑了一聲，然後低下頭，開始摸索自己的手機。「我來幫你叫救護車。」

沈知陽艱難地舉起手，抓住夏以風的小腿。

「不要。」他說。「你……可以扶我起來嗎？」

他不想去醫院，他不想經歷醫護人員一連串的詢問，更不希望醫院通知他的養父母。

夏以風的眉頭緊鎖。

「你確定嗎？如果你腦震盪的話……」

「沒關係。」

夏以風緊盯著他，眼神在他的臉上來回打量。然後他像投降一般垂下視線。

「如果會痛的話，你就跟我說。」夏以風說。

一隻大手伸到沈知陽的脖子下方，輕輕托住他的後腦杓。在他另一側的江明宇把手伸到他的肩膀下方，藉著以風和江明宇的力量，沈知陽低哼一聲，終於坐起身來。

血液循環在他體內似乎變得有點奇怪，他不確定是大腦突然充血，還是血液突然從頭部往其他方向流去，讓他又是一陣頭暈。他的身體一軟，往旁邊倒去。

「小心。」

他抬起眼，看見夏以風擔憂的視線。夏以風的手臂穩穩地攬著他的肩膀，形成一個舒適的弧度。

「我沒事。」沈知陽深吸一口氣。「對不起。」

他眨了眨眼，環顧四周。他的便當和飲料掉在一旁。便當有用橡皮筋束起來，看起來還算完整，不過他的飲料已經淒慘地摔破了，流得滿地都是。他瑟縮了一下。

張彥宸蹲在他面前，一樣皺緊眉頭。

「你剛才是怎麼了？」張彥宸問。「怎麼會突然摔下去啊？」

「我⋯⋯」

沈知陽的嘴張開，卻突然不知道自己該說什麼。沒有人看得見他看見的東西，對吧？他要怎麼說，才不會被其他人當成瘋子？

他再度往樓梯的方向看去。走廊和樓梯的燈光明亮，什麼東西也沒有。

「我不知道。」最後，沈知陽只是這麼說。「可能血糖突然有點低吧。」

「如果你不是懷孕，那你有沒有可能有糖尿病？」江明宇說。「你今天已經暈倒兩次了。」

張彥宸用像看神經病的眼神看了江明宇一眼，表情奇怪地扭曲了一下，然後笑了出來。

「不要在這時候搞笑好不好，江明宇！」

「我沒有啊！」

「你確定你真的不要去醫院嗎？」許文琴問。她和夏以風對看一眼，然後一起看向沈知陽。「至少確定一下有沒有內出血。」

「不用吧。」沈知陽硬是擠出一個微笑，從夏以風的臂彎中坐直身子來證明。「現在也沒有那麼痛了。」

許文琴還想說點什麼，但是沈知陽開始嘗試從地上站起來。他身邊的人立刻手忙腳亂地試著幫忙，沈知陽幾乎是被人用抬的，終於穩穩站定。

夏以風的手依然握著沈知陽的上臂，穩穩地撐著他。張彥宸站在梁芷含身邊，粗壯的手臂環著她的肩膀。「謝了，以風。」他對夏以風點點頭。「剛才把她拉住。」

夏以風微微勾起嘴角。

「小事。」他有點自責地瞥了沈知陽一眼。「只是，我應該要反應再快一點的……」

「不，真的。」沈知陽說。「謝謝你。都是我的錯。」

如果他把梁芷含一起撞下樓梯，他會比自己受傷更痛苦。他抬起手，抹過臉頰上剛才被液體滴到的地方。他什麼也沒摸到。

那東西不存在。但是沈知陽知道，它的確存在。

那是在他夢裡的那個女人，那個被他掏出內臟、生吞活剝的女人。

它是來找他的，對吧？

「跌倒怎麼會是你的錯？」夏以風反駁。「誰沒跌倒過？」

沈知陽搖搖頭，不再繼續與他爭辯，也沒辦法和他爭辯。

「我想回家了。」

「我送你回去吧。」夏以風說。「你這樣，我不敢讓你一個人走。」

沈知陽猶豫著，但是夏以風沒有給他拒絕的時間，直接轉向江明宇和許文琴。「可以請你們幫我們把書包拿下來嗎？我覺得知陽現在不適合爬樓梯。」

「當然沒問題啊。」

兩人轉身往樓上跑去。

張彥宸轉過身，再度看向沈知陽。

「回家的路上要小心啊。」張彥宸說。

「我知道。」

「謝謝你，以風。」梁芷含再度對著以風點點頭。她看起來還有點驚魂未定，不安地打量著沈知陽。「然後，知陽，真的對不起……」

「沒事，你們快去吃飯吧。」沈知陽說，一邊試著露出肯定的微笑。「我睡一覺就好了。」

夏以風懷疑地挑起眉，但是沈知陽只是迴避他的目光。

看著張彥宸牽著梁芷含走上樓梯，沈知陽嘆了一口氣。他低頭看向地面上的一片狼籍，開始考慮要怎麼處理打翻的飲料。

「讓我看看。」夏以風說。「你還有別的地方受傷嗎？」

他來回打量沈知陽的臉，輕輕拉動他的手臂，應該是在檢查他手肘的關節，又繞著沈知陽的身體走了兩圈。

「我沒事，真的。」沈知陽說。「可能被嚇到的成分比較高。」

夏以風直盯著他的雙眼，目不轉睛地凝視，讓沈知陽突然有點不知所措。夏以風的手放開了他，插進口袋裡。

「我居然沒有及時攔住你。」夏以風低聲說。「如果你真的怎麼樣了，我會自責得要死。」

「但是你抓住了芷含。」沈知陽回答。「說實話，我覺得這比較重要。」

夏以風皺起眉，好像不懂他在說什麼。

幾秒之後，夏以風露出一絲淺淺的微笑。

「你人也太好了。」他說。「真的像天使一樣。」

沈知陽的腦中現在充斥著許多想法，但他並不覺得自己像天使。他再度看向樓梯間，想要尋找剛才意外的蛛絲馬跡。但是學校的走廊就和往常一樣，沒有任何異狀。如果不是因為他的後腦和背部還抽痛著，他幾乎要懷疑剛才發生的事只是他的想像。

「我不覺得。」沈知陽說。「這都是我的錯。」

不一會後，江明宇和許文琴提著他們的書包下來了，許文琴手中還拿著一包衛生紙。

「這邊我跟江明宇來收拾就好了。」許文琴說。「你們先走吧。沈知陽，你真的不要這樣嚇我們耶。」

「對不起。」

「如果不舒服，你一定要去看醫生喔。」許文琴說。「接下來這一天會是觀察的黃金期。」

「我會幫忙盯著他的。」夏以風說。「放心吧。」

沈知陽瞥了他一眼。

他們才認識一天而已，但他為什麼覺得，他已經認識夏以風好久了？

「走吧，我們回家。」夏以風將兩人的書包揹在肩上，好像完全沒有重量一樣。「你還記得你家怎麼走嗎？你的記憶應該沒問題吧？」

沈知陽輕笑了起來。

夏以風的手搭著他的肩膀，和他一起往校門口的方向走，並刻意放慢腳步，配合沈知陽的速度。

沈知陽不該感覺這麼輕盈的。他突然意識到，今天早上那股令他作嘔的感覺已經不見了。就算剛才看見了不可名狀之物；就算在飲料店看見相關的新聞，他卻不像早上那樣，嘴裡好像嘗到了恐怖的味道。

記憶還在，客觀的認知也還在，卻像被包裹在一團迷霧之中，變得遙不可及，彷彿已經和他沒有直接的關係。

他忍不住看向夏以風的側臉。注意到他的目光，夏以風好奇地對他歪了歪頭。

沈知陽避開他的視線。他的心底又產生了一股騷動，讓他的心跳微微加速。他突然希望，回家的路途可以再長一點。

第三章

半夜驚醒時，沈知陽只感覺自己的身體爬滿了冰冷的汗水。他今天也吃了安眠藥，但是似乎成效不彰。

「哈、啊……」

他喘著氣，胸口劇烈起伏，眼前一片模糊。

剛才夢到了什麼？在睜開眼的那一瞬間，沈知陽就已經忘記了。

但是夢裡有一雙眼睛。金色的眼睛，瞳孔細長，四周圍繞著一圈綠色的細紋，直直盯著他。無論他逃到何處，都無法躲開那雙眼睛的凝視。他很確定。它們看見了一切。

黑暗的房間裡，有什麼東西在移動。

沈知陽用力眨了眨眼，試著讓自己的眼睛對焦，但是他的眼前彷彿覆蓋了一層薄霧。他想要用手揉去，卻感覺不到手臂與他身體的連結。

一股驚慌之感攫住他的內心，緊緊掐住。他的房間裡有東西在動，就在不遠處的陰影之中，他很確定，他可以感覺到有東西在靠近，就像靜電在皮膚上方幾毫米那樣，可是他沒有辦法動彈。

動啊，沈知陽，快點動啊……

隨著他的掙扎，他的喘息變得越發急促。他仍然沒辦法移動他的身體，但是他的眼睛可以。

他的視線終於適應房裡的黑暗，一切都再熟悉不過了。他的書桌、他的書櫃、他的衣櫥，還有掛著遮光簾的大扇窗戶。

外頭的路燈透進窗簾的縫隙之間，在窗戶周遭留下斷斷續續的線條。

而在窗戶與房間角落的樑柱之間，整個房間中最黑暗的地方，是什麼東西在那裡？

啪噠——

沈知陽的心臟狠狠一跳。

是他在學校裡看見的那個東西；攀附在樑柱和天花板的夾角，黑色的黏液從它的肚子滴下。它如黑洞似的眼窩和嘴扭曲著，彷彿正在發出無聲的尖叫。

——你。

粗糙沙啞的聲音在沈知陽的腦中炸開。沈知陽感覺自己的呼吸卡在胸口。

——你……

沈知陽甚至不確定那是不是真正的一個字。或許那只是眼前的東西發出無意義的叫聲而已。

變形的東西用蟲子般的動作爬過天花板上的橫樑，往沈知陽的方向移動過來。

沈知陽的雙眼彷彿受到它的吸引，無法轉開視線。他的胸腔因為缺氧而疼痛，但他只是眼睜睜地看著那個東西爬到他的正上方，頭部向後扭轉，以非人類的角度面對他。

啪噠——

那東西的口腔裡滴出黏液，落在沈知陽的臉頰上。

接著，就像是某種不連貫的剪接畫面，那張面色死灰的臉，突然在他的視野中放大。

沈知陽的大腦中再度爆發一陣如警笛般的尖叫，強烈的壓迫感使他眼前一片模糊，頭痛欲裂。

沈知陽放聲大叫起來。

隨著他的叫聲，空氣終於再度湧入他的肺部。他大口喘著氣，斷斷續續地喊叫著，在床上揮舞手腳，試圖和他看不見的東西戰鬥。

「知陽？知陽？」

他的房門被人推開，房間的燈也亮了。沈知陽反射性地閉上眼，一會之後，一個溫暖的體溫便出現在他的床邊。

養母的手溫柔地落在他身上，輕撫沈知陽汗溼的頭髮。

「不怕。」養母輕聲說。「你只是作惡夢了。」

「媽……」

沈知陽啜泣著，抓緊養母睡覺所穿的長裙，把臉埋在她的大腿上。

他不是作惡夢。他早就已經醒了。

「我、我的房間裡有東西……」沈知陽在抽噎之間說。

「沒事，沒事。」養母的手指繼續爬梳他的頭髮。「我懂那種感覺，有時候惡夢會感覺很像真的。」

沈知陽要怎麼讓她知道，那不是夢，那個東西就在他的房間裡？他沒辦法解釋；她不會懂的。沒有人會懂。

他快發瘋了，他知道。

沈知陽只是把自己縮成一團，依偎在養母的大腿邊，讓她輕柔的觸摸逐漸撫平他狂亂的心跳。

他不確定自己是什麼時候再度睡著的，但是他再度陷入混沌的夢境之中。

那雙金黃色的眼睛依然在某個角落看著他。

當沈知陽的手機鬧鐘響起時，他覺得他根本就沒有睡到。他爬下床，拉開窗簾，讓明亮的早晨陽光照進房間裡。

明明天氣晴朗，臺灣的秋天也還是帶著夏季的熱度，沈知陽卻覺得他的房間裡有股陰冷的氣息。或者，那是來自他的身體裡；他覺得肚子裡有一股涼意，讓他的四肢僵硬。

經過半夜的驚嚇後，沈知陽只覺得全身上下都黏膩不已，所以他快速沖了澡，頭髮還有一半是溼的，就急急忙忙地出門了。

沈知陽比平常晚了十五分鐘抵達學校附近的公車站，當他來到學校對面的路口時，一眼就看見一個修長的身影站在紅綠燈下。

「以風？」

聽見沈知陽的聲音，夏以風便從他的手機螢幕上抬起頭，對他露出一個微笑。

「嗨，知陽。」

「你怎麼站在這裡？」

「曬太陽啊。」夏以風伸手搭住沈知陽的肩膀。「開玩笑的，當然是在等你了。」

「我？」

在陽光下，夏以風的笑容看起來格外明亮。沈知陽感覺到臉頰的溫度微微上升。夏以風對他眨眨眼。

「我答應文琴要盯著你的。」他說。「誰知道你偏偏挑在今天遲到。我都在考慮要不要直接殺去你家了。」

「嗯，反正你也知道我家在哪裡，所以……」

沈知陽試著用同樣開玩笑的口吻回應，但是話說出口後，只讓他覺得彆扭至極；他聽起來不像是在開玩笑，反而像在認真提出邀請。

天啊，實在太丟臉了。

夏以風咯咯笑了起來，捏了捏他的肩頭。

「所以，你還好嗎？昨晚有沒有睡好？」

沈知陽猶豫了一下。

「沒有。」

「喔。」夏以風頓了頓。「你有覺得哪裡不舒服嗎？」

沈知陽很想跟他說，是心理不舒服，但是他知道夏以風是在問什麼。

「我沒事。我只是……作了惡夢。」

夏以風的眉頭微微皺起，打量他的臉。

眼看紅燈又一次變成綠燈，沈知陽趕緊拉起夏以風的手臂，往馬路對面走去。距離早自習開始的時間只剩下不到十分鐘，沈知陽很少這個時間還沒進校門。

「你看起來很累。」夏以風說。

沈知陽看了他一眼。

「真的嗎？」

夏以風的手指在自己的眼睛下面比劃了一下。

「你的黑眼圈超重喔。」

沈知陽嘆了一口氣。

「我最近睡得很不好。」沈知陽承認。「一直都覺得很累。」

「難怪你昨天午休睡那麼熟。」夏以風說。「也難怪你會從樓梯上摔下去了。」

那是另外一回事了，沈知陽想。他摔下樓梯的原因，他根本無法跟夏以風解釋，也無法跟任何人解釋。

「我有吃藥。」他脫口而出。

夏以風不可置信地看著他。

「我媽有在吃安眠藥。」沈知陽解釋道。「所以我有時候會從她那裡拿一點來吃。」

所謂的有時候，其實就是幾乎每天。

「喔。」夏以風不置可否地應了一聲。

他們在教官的催促下進了校門，夏以風咬著嘴唇，雙手插在口袋裡，若有所思。

「往好處想，至少你可以午休的時候睡飽一點。」當他們爬上樓梯時，夏以風終於說。「而且我在旁邊，作惡夢也不怕。」

沈知陽忍不住笑出來。「是嗎？為什麼？」

「有人說過我比鬼還可怕。」夏以風對他眨眨眼。「有我在，惡夢就不敢來了。」

這只是一句平凡到不行的土味情話而已，但是夏以風的語氣聽起來輕描淡寫，反而沒有讓人尷尬得只想找個洞躲起來的感覺。

真要說的話，沈知陽只覺得很感謝他。明明他們才認識一天，但昨天那場意外中，夏以風的認真與關心，讓沈知陽內心暖暖的。

「謝了。」他說。「我保證，我平常不是這樣子的。我就只是……最近不太正常。」

「這有什麼關係。每個人都有不正常的時候嘛。」夏以風一手勾住他的肩膀，搓了搓他的手臂。「我昨天早上不是也是嗎？但你還是對我很好。你不知道，在班上看到你的時候，讓我鬆了多大一口氣。」

沈知陽對他露出微笑。

但是沈知陽的不正常，比他的更不正常多了。沈知陽沒有把話說出口，只是稍微容許自己享受著夏以風的體溫。不知為何，有夏以風的手臂圍繞著他，他突然就覺得身體裡的那股涼意被驅散了不少。

進到教室裡時，早自習的時間已經開始了，所以沈知陽沒有機會和他的同學們說到話。坐在座位上的他，很快就收到來自許文琴的訊息，問他還會不會頭暈，身體有沒有哪裡不舒服。沈知陽告訴她一切都好，除了後腦杓有一點撞到後留下的腫塊。他抬頭看向女孩，看見她回過頭，對他豎起大拇指。

早上的四節課一下就過了。夏以風真的徹底履行他對許文琴的承諾，幾乎寸步不離沈知陽身邊，沈知陽要去廁所，或是去合作社買飲料，夏以風都自告奮勇地跟著。

什麼異狀都沒有。沈知陽沒有看到閃爍的電燈，也沒有看見鏡子裡不是他的倒影，更沒有詭異的怪物威脅著要傷害他。

午休時間，沈知陽幾乎是剛在桌面上趴下，就立刻睡著了。當他醒來時，他的手臂上有著紅紅的印子，還有一片口水的痕跡。夏以風哈哈大笑，拿出一包面紙，放在他桌上。

下午的課也一樣順利，除了沈知陽還是一直很想打瞌睡之外。但是他歡迎這種昏昏欲睡的感覺；他覺得，他好像已經很久沒有這麼放鬆了。

晚自習前，一群人又一次去了小吃街，而這次，他們一起回到教室時，途中沒有發生任何意外。沈知陽悄悄鬆了一口氣。他不敢想像，如果再次發生和昨天一樣的事情，他會有什麼反應。

一切都再平凡不過了，平凡得讓沈知陽一點都不想離開學校。和朋友們待在一起的感覺很好，而光是想到要回家面對屬於他的那個小房間，他就覺得充滿了抗拒。

他知道這樣對他的養父母不公平。他們很愛他，對他很好；但是青少年不就是這樣嗎？他們都喜歡跟同儕在一起的時間多一點、依賴父母的時間少一點。

再說，沈知陽也不可能和他們提起任何事。他昨晚作惡夢、吵醒養母，就已經讓他覺得很自責了。他不想為他們製造不必要的擔心：他們不可能讓他不再作惡夢，他也不可能要求養母每天晚上來哄他入睡，對吧？他想要她怎麼做，為他唱搖籃曲嗎？

「確定不用我跟你一起回家嗎？」在公車站牌前，夏以風問道。

沈知陽搖了搖頭。「太晚了。你爸媽不會擔心嗎？」

「他們才不管我呢。」夏以風聳聳肩。「我是被放牛吃草長大的類型。」

「沒關係，你快點回家吧。」

沈知陽抬起眼，看見他的公車從不遠處駛來。他對夏以風揮揮手。

「明天見了。」

「明天見。」

夏以風把手擺在胸口，對他行了一個半禮。當沈知陽爬上公車的後門時，夏以風還在公車站牌看著他。

沈知陽把頭靠在車窗上，看著窗外夜晚的街景。雖然臺北市的街道燈火通明，但沈知陽卻感覺自己陷入一片黑暗中。那股涼意又從腹部深處緩緩升起，爬進他的四肢。

他覺得自己好孤單。他差點就要後悔拒絕夏以風的提議了。

下了公車後，沈知陽沿著人行道，往他們家公寓所在的巷弄前進。短短的巷子裡只有三盞路燈，此時馬路上一個人也沒有。至少，他一個人都沒看見。

有人在盯著他看的感覺，讓沈知陽的脖子一陣發麻。他回過頭，但是那裡也沒有半個人。他回想起昨晚的夢中，那雙無處不在的金色眼睛。現在，就連路燈的光線，都像是那雙眼睛的視線。

沈知陽加快腳步，幾乎是用小跑的回到公寓裡。

他的養父母都在家，讓他的心情稍微放鬆了一點。客廳的茶几上擺著切好的蘋果和芭樂，沈知陽便坐下來吃了幾塊，順便和他們聊聊天。

養母問他昨晚作惡夢的事，關心他今天上課的精神好不好。在養父面前提起這件事，尤其是講到他哭出來的部分，讓沈知陽有點難為情，所以他只是快速帶過這個話題。不久後，他就以洗澡當作藉口，溜回了房間。

淋浴間狹窄的空間，讓沈知陽感到無比壓抑。他一直擺脫不掉有東西在盯著他的感覺，洗澡時不斷往淋浴間的玻璃外張望，就連洗頭時都不太敢閉眼，但是這麼做只讓他感到更加恐慌。

他沒有看見任何不該出現在浴室裡的東西，他鬆了一口氣，推開乾溼分離的玻璃門。

「靠。」

他的腳踩在一個滑溜的東西上，差點向後坐倒。他及時抓住玻璃門的邊緣，才避免了撞傷尾椎的危機。

沈知陽的心跳快得像要衝出胸腔。他把頭髮從臉上推開，嚥了一口口水，小心翼翼地垂下視線。

是一根長長的羽毛。

被洗澡水浸溼，絨毛變得一束一束，中間幾乎和他上臂一樣長的羽軸，被他踩得彎曲變形。

沈知陽僵在原地，動彈不得。他突然覺得浴室裡變得好冷。

幾秒鐘之後，沈知陽彎身抓起地上的羽毛，折成好幾截，然後塞進浴室的垃圾桶裡。他又抓起一把衛生紙，將羽毛嚴嚴實實地覆蓋起來。他不想看鏡子，他知道他會看見什麼——那個像他、又不是他的怪物，又會在鏡中面無表情地看著他。

沈知陽不想在浴室裡再多待一秒鐘，所以他胡亂套上衣服，用毛巾包起頭髮，就跑回了房間。他把房間的大燈打開、檯燈也打開，讓房間裡亮得像白天。他打開電腦，開啟音響，挑了一個運動用的歌單，讓節奏強烈而歡快的音樂在房裡迴盪。

他以前到底是怎麼在這個家裡生活的？沈知陽發現，他已經快要想不起來了。過去這幾天，還是幾個星期？他就像精神分裂一樣。

沈知陽不顧自己的頭髮還潮溼，就窩進了被窩裡。現在明明也才十月底，為什麼他會覺得這麼冷呢？

手機在桌面上響起時，突然的動靜讓沈知陽嚇得驚叫一聲。他爬下床，撈起放在書桌上的手機。

螢幕上，夏以風的ＩＧ頭像就在正中央。

沈知陽皺了皺眉。以風為什麼會現在打給他？

他猶豫了一下，然後把音樂的音量轉小，按下接通。

「喂？」

『嗨，請問是沈知陽嗎？』

夏以風的聲音聽起來十分貼近，就像從電臺主持人靠近麥克風說話時那樣。好像夏以風就在他身邊，靠在他耳朵旁對他說話。沈知陽感覺到臉頰和後頸一陣酥麻。

「我是。」他說。

『你好，我是夏以風。不好意思，讓我確認一下。請問你有預約睡前電話的服務嗎？』

沈知陽很想維持一本正經的表情，但是聽見夏以風裝模作樣的聲音，他還是笑了出來。

「這到底是什麼啊？」

夏以風在電話的另一端咯咯笑著。

『我剛剛突然想到，如果在你睡前和你講講電話，或許你會睡得比較好。』

沈知陽的心愉快地蹦跳了一下。

「是嗎？」他盡可能用平靜的聲音問。「為什麼？」

夏以風輕笑一聲。

『我不知道……就當作我雞婆吧。看你那麼累的樣子，我也覺得蠻難受的。』夏以風說。『你的臉那麼好看，黑眼圈真的不適合你。』

一股暖意從沈知陽的腹部開始擴散，逐漸蔓延全身。沈知陽坐回床上，靠向床頭板。

「班上有超過一半的人都有黑眼圈。」沈知陽說。「你等一下還有十幾個人的電話要打。」

『他們跟我又沒有關係。』夏以風說。他頓了頓，然後繼續說：『可能是你摔倒的事有點嚇到我了。讓我有點擔心。』

「對不起。」

『小事啦。你只要能好好睡覺就好了。』

沈知陽聽見電話另一端，傳來布料摩擦的聲音。他想像著夏以風穿著寬鬆柔軟的睡衣，和他一樣靠在床上，枕著蓬鬆柔軟的枕頭。

『所以，知陽，你現在在哪裡呀？』

「我在房間了。」沈知陽據實以告。

『有沒有乖乖在床上啊？』夏以風問。

「有。」

『說到這個，我很好奇一件事。』夏以風說。『你是會穿睡衣的類型嗎？還是打赤膊的那種？』

「也不算睡衣。就只是舊T恤和運動褲那樣。」沈知陽回答。不知為何，這個對話讓他的心跳節奏變得紊亂。他嚥了一口口水，猶豫了一下。「你呢？」

夏以風笑了起來。

『哇，我可以不要說嗎？』

「但是我已經告訴你了。」沈知陽說。「這樣不公平。」

『好吧。其實，我平常在家裡都是裸睡耶。不知道為什麼，身上有衣服，我就睡不好。』說到這裡，夏以風趕緊又補上一句：『你不要告訴其他人喔，我怕我被他們當變態。』

「這有什麼好變態的。很多人都這樣吧。」

事實上，現在沈知陽覺得自己比較像變態。因為在他聽見夏以風這麼說的當下，他的腦中就不由自主地浮現了夏以風身體的模樣。

喔，不。這絕對不是對朋友該出現的幻想。

電話另一端，夏以風當然不可能知道他在想什麼。

『推薦你可以試試看。』夏以風說。『這是有研究證明的，裸睡會睡比較好喔。』

沈知陽用手搓了搓臉，向下倒進枕頭裡。

「有機會的話。」沈知陽說。

『好吧，這聽起來就是在敷衍了。』

沈知陽笑了起來。

『你關燈了嗎？』夏以風問。

沈知陽抬起手，按下床頭邊的電燈開關。

「關了。」

『很好。現在，你可以開始醞釀睡覺的情緒了。』

「你要唱搖籃曲給我聽嗎？」沈知陽挖苦道。

『你想聽我唱歌嗎？』

沈知陽可以想像他挑起眉的樣子。

「下次好了。」沈知陽回答。

『好，下次。』夏以風同意。

他們的話題轉向了其他方向，最後沈知陽是何時睡著，又是怎麼睡著的，他已經不記得了。但是他確實沒有作惡夢。

這個晚上，沈知陽作的是春夢。一定是因為夏以風在睡前對他下的奇怪暗示，才會讓他在睡著後，腦子裡依然是夏以風裸睡的樣子。他的夢境不像前幾天的那麼真實，但也十足有臨場感了。當他睡醒時，他的內褲裡有著一片溼黏的痕跡。

沈知陽跑進浴室裡，在馬桶上坐了好一陣子，但是他忍不住感覺嘴角上揚。

這是這段時間以來，他終於覺得他再度做回他自己，只是一個尋常的高中生。

有夏以風的加入，沈知陽對上學的期待，似乎又多了一點。他不知道這種差別是怎麼來的，但是他現在會期待在公車站旁見到夏以風。

夏以風好像知道他的公車會什麼時候到站，每天，當沈知陽來到公車站旁的路口時，他都可以看見夏以風站在紅綠燈的電線桿旁等著他。沈知陽的心會愉快地跳起一支小小的舞，而隨著日子一天、兩天過去，變成了一個星期、兩個星期，他也逐漸開始習慣這樣的日常。

養成一個新習慣只需要七天，而夏以風每天晚上打電話來和他閒聊的日子，不知不覺就超過了七天。

就算在這些日子裡，當沈知陽一個人走在回家的路上、或是獨自待在房間裡時，他依然會產生一股異樣感，好像身後有人，或者房間裡不只有他。但是那種感覺，很快就會被夏以風的電話驅散。

每天晚上和以風講電話，逐漸成為沈知陽最期待的時刻。真要說的話，他覺得他簡直是上癮了。

不過，他的行為顯然和低調扯不上邊。

這樣過了一兩個星期後，在期中考的前一週，張彥宸終於提出抗議。

「來，來，不要說我小家子氣。」張彥宸靠著椅背，雙腳跨在書桌上。「沈知陽，你自己說，你有多久沒在群組裡發言了？」

期中考前，留晚自習的人就多了。此時第八節課剛結束，要準備留下來晚自習的學生，正三三兩兩地聚在一起，準備去買晚餐。

「我？沒有很久吧。」沈知陽下意識地避開張彥宸的視線。「我本來也就不太發言啊。」

梁芷含打了一下張彥宸的手臂。

「都是你的錯吧，你還好意思怪他。誰叫你上次在群裡傳那張照片……」

「那個都多久之前了，而且我也收回啦！」

沈知陽瞥了夏以風一眼，只看見夏以風竊笑的模樣。沈知陽感覺自己的臉頰發燙。群組裡面聊天的時間多半都是晚上，但是現在，沈知陽都把那個時間拿來和夏以風講電話了。他當然不會在群組裡發言。

許文琴的身子前傾，越過桌面，緊盯著沈知陽的臉。

「喔，沈知陽，你怪怪的喔。」她大叫。「你為什麼在臉紅？」

「我才沒有。」

「你最好是沒有。你……」許文琴的目光懷疑地轉向一旁的夏以風。「你在偷笑什麼？夏以風，你從實招來喔。」

夏以風咧嘴一笑，舉起雙手。

「我？我什麼也沒做啊。」

許文琴再度張開嘴，好像想要繼續逼問沈知陽，但是江明宇在這時解救了他。

「你們不餓嗎？我想要去買飯了。」

「好啦，走。」

張彥宸把椅子往後一推，發出巨大的摩擦聲。班上其他人紛紛往他們的方向看過來，讓沈知陽反射性地縮了縮脖子。

沈知陽真的不喜歡成為注目的焦點，小時候，他的外貌就已經讓他承受了遠超過他當時的年紀能承受的關注度了。

隨著年紀逐漸增長，他的金髮和淺色的眼睛，也漸漸成為別人羨慕的特徵。直到現在，他還是不懂，明明是同樣的生理特質，為什麼小時候讓他變成每個小朋友嘲弄和取笑的對象，現在卻成了「好看」的樣子。

張彥宸像是對其他人的目光渾然不覺，拉著梁芷含的手，大步走出教室。

今天許文琴說她想吃肉羹麵，張彥宸和梁芷含則要買鹹酥雞。鹹酥雞當然不在沈知陽的選項裡，於是他們分成兩路，許文琴、沈知陽和夏以風一起前往比小吃街更遠一點的路口，去買一間開在騎樓下的肉羹麵店。

買晚餐的時間比沈知陽想像的久，當他們回到學校時，天色已經完全暗了下來。

「晚上也變得太冷了吧。」許文琴抱怨。「最近的天氣真的越來越奇怪耶，白天熱得要命。都幾月了還在秋老虎。」

「這叫做赤道北移。」夏以風說。「最近才剛學過。」

「說到這個，我好期待以風期中考的成績喔。」

許文琴推他了他一把。夏以風舉起沒拿塑膠袋的那隻手，做出投降的舉動。

「饒了我吧，文琴。」夏以風說。「妳才是以後一定要考醫學院的吧。」

「我才不要念醫學院。」許文琴哼了一聲。「我搞不好連大學都不想讀。」

沈知陽聽著夏以風和許文琴討論大學的志願，只是默默在一旁走著。他還沒有認真想過他要選什麼科系，所以他才會選三類組，這樣他才能有更多選擇。但是就某方面而言，更多選擇其實是意味著沒有選擇。

他們爬上樓梯，來到教室所在的那條走廊。

還沒有仔細看向眼前的路，沈知陽就覺得有哪裡不太對勁。一股壓力讓他喘不過氣，他的胸口像是被什麼東西緊緊壓住。

「什麼啊，怎麼了？」許文琴說。「走廊的燈壞了啊？」

然後沈知陽看見了。長長的走廊，盡頭應該是一個窗臺，可以看見外面的街燈。但是此時，走廊尾端的窗戶不見了，連同最後的那幾間教室了，都只剩下一片黑暗。不是光線不足的那種黑暗，而是一片沒有任何形體、吞沒一切的黑。

不，但那也不是真的。

因為走廊上，確實還有東西。

「什麼？」夏以風皺起眉，看向許文琴。

「你們沒有看到嗎？」許文琴瞇起眼，伸手指向前方。「那邊的地上……」

沈知陽驚愕地停下腳步。一時之間，他不確定自己更應該害怕哪一件事：是趴伏在走廊盡頭的那個東西，還是許文琴居然也跟他一樣看到了。

乍看之下，走廊地上的東西，就像是一個人癱倒在地。只是現在沈知陽停下了腳步，但它依然在往他們的方向靠近。而且很快，快得幾乎像是在滑行。

「文琴。」沈知陽抓住許文琴的手臂。「不要動。」

「什麼？」在他們身邊的夏以風困惑地問。「你們怎麼了……」

「沈知陽，那是什——」

許文琴的話硬生生地停了下來。

沈知陽知道她為什麼說不出話，他也看見了。就在他們眼前的地上，一個頭顱往左邊倒了九十度、肢體扭曲變形的身體，正往他們的方向爬過來。

它就像先前攻擊沈知陽的那個東西一樣，膚色死灰。在它行經的地方，有一整片黑色的汙漬。

它的頭看起來像是與頸椎分離，臉頰貼著地面，卻直直面向前方，沒有眼珠的雙眼直直望向他們，嘴巴大張。

只靠著一隻折成詭異形狀的手臂，它爬行的速度快得令沈知陽頭皮發麻。才一轉眼的時間，它就只距離他們幾步遠了。

沈知陽的鼻腔裡充斥著腐臭的氣味，讓他作嘔。

尖叫聲刺痛沈知陽的耳膜和太陽穴。有那麼一瞬間，他以為又是那個怪物在他的腦袋裡尖叫，但是他立刻就意識到，那是許文琴的叫聲。

「不要，不要過來……」

許文琴瘋狂地掙扎，試著甩開沈知陽的手。

沈知陽感覺到胃酸湧起。

那東西伸出另一隻手，手臂就像是從背後將肩胛骨往反方向轉了一圈，往沈知陽和夏以風的腳踝抓過來。

一瞬間，沈知陽的眼前好像有一片白色的影子閃過。他的心臟怦怦亂跳。張開的大片羽毛，幾乎遮蔽了他的視線。是翅膀。是他在鏡子裡會看見的那雙翅膀。

他狂亂地轉頭，揮舞雙手，想要撥開那片翅膀。但是他眼前所見的東西，似乎變得不太正常。就像是摔壞的手機螢幕那樣，他眼前的走廊出現跳動的雜訊，一切都套上了一層灰綠色的濾鏡。

有那麼一刻，沈知陽覺得他四周的一切都消失了。一片虛無的黑暗中，只有他和那對翅膀。

翅膀……是屬於他的嗎？

沈知陽的腦中再度浮現他長出翅膀的模樣；好像只要他願意，大腦做出指令，他就可以揮動那雙翅膀。

然後呢？

他還能做什麼？

那雙翅膀依然輕輕在他面前擺動，像是一種邀請。

「不。」他低聲說。

隨著他的聲音，剛才彷彿停滯的時間，再度開始流動。

許文琴的慘叫聲在走廊上迴盪，她一個踉蹌，向後摔倒。她的力量大得驚人，將沈知陽一起往後帶去。

沈知陽的腳踝被那東西的手指刮過，一陣灼燒般的疼痛感傳來，讓他的膝蓋一軟。

「知陽！」

一隻大手緊抓住沈知陽的手臂，將他撐在原地。沈知陽瞪大雙眼，看著夏以風困惑的臉龐。

不遠處，他們的教室裡，張彥宸和江明宇從後門衝了出來。

「怎麼了?你們幹嘛……」

張彥宸張口結舌地看著沈知陽的身後，似乎不確定自己看的是什麼。沈知陽緩緩眨了眨眼，順著他的視線方向看去。

許文琴跌坐在地上，依然在斷斷續續地尖叫，她的晚餐灑了一地。她雙眼發直，一直看著走廊的地面。

江明宇衝到她身邊。

「文琴，妳在幹嘛?」

他抓住許文琴的肩膀，想要穩定住她的情緒，但是許文琴掙扎著，在地上向後退去，好像要逃離某個東西。

可是她沒有在逃離任何東西，因為現在，走廊上除了他們以外，什麼都沒有。

那東西去哪裡了?

「它、它想要抓我……它要抓我……」

江明宇抬起頭，看向沈知陽。

「她在說什麼?」

沈知陽只是搖頭。他要怎麼解釋?他能怎麼解釋?

「文琴，你先起來……」

張彥宸朝她走過來，試著把她從地上扶起，但是許文琴胡亂揮舞著雙手，將他趕開。

「不要碰我，你們都不要碰我！」許文琴尖叫。

她翻過身，連滾帶爬地站了起來，然後轉身就跑。

「文琴？許文琴！」江明宇喊道。

眼看許文琴就要衝下樓梯口，江明宇立刻追了上去。張彥宸錯愕不已，來回看著夏以風和沈知陽。

「她是怎麼搞的？沈知陽，你……」張彥宸打量的視線落在沈知陽的腳踝上，眼睛倏地張大。「你在流血！你是怎麼弄的？」

沈知陽張開嘴，卻發不出一點聲音。

「可能剛才被文琴絆到腳，被她的鞋底刮傷了吧。」夏以風代替他開口。

張彥宸皺起眉頭，似乎覺得哪裡不太對勁。沈知陽不怪他，因為他知道，無論是誰，都不可能理解剛才發生了什麼事。

沈知陽現在只能肯定兩件事：第一，這東西現在可以對他造成實質上的傷害了。第二，雖然不知道為什麼，但許文琴可以看到它。

這代表什麼？

「許文琴不知道要跑去哪裡。」張彥宸再度看向樓梯口。「我去看看好了。」

沈知陽也想要跟上張彥宸，但是被夏以風一把拉住手臂。

「你以為你想去哪裡啊？」

沈知陽轉向夏以風。有那麼一瞬間，以風的眼神銳利得令他害怕。

夏以風拉著他往教室的方向走。「我們要想辦法處理一下你的傷口。」

「這沒什麼。」沈知陽勉強擠出一句話。「但是文琴……」

「你在流血。」夏以風說。「我不是在跟你商量。」

他的手指依然緊抓著沈知陽的手臂，而沈知陽不覺得他能拒絕。他再度看向樓梯口，只覺得自己的心有一種快要被撕裂的感覺。

第四章

放學後，沈知陽和朋友們一起前往公車站。張彥宸研究著手機上的導航。

「下車之後，還要再走十分鐘。」他說。「許文琴家也太難走了吧。」

「不然搭計程車，直接到她家樓下好了。」江明宇說。

張彥宸翻了個白眼。

「瘋了吧，誰像你家這麼有錢啊。」

「文琴平常好像都是騎腳踏車來上課的吧。」梁芷含探頭看向張彥宸的手機螢幕。

「她搞不好連怎麼搭公車上學都不知道。」

沈知陽和夏以風走在四人後方，腳步明顯比其他人慢得多。

「小心一點，慢慢走。」

夏以風的手護在沈知陽身後。

如果現在他們不是要去探望許文琴，沈知陽或許會覺得這個畫面很好笑。這一個星期以來，夏以風護著他的樣子，簡直就像是某位名人和他的保鑣。

他不覺得自己的骨頭有受傷，但是他也不想去醫院檢查。夏以風為了這件事很不高興，受傷的當天晚上，他們就為了要不要去醫院而起了爭執。

『我就不懂，去看個醫生為什麼這麼難？』最後，夏以風沉著臉丟下這句。『我只是為了你好。』

『我跟你說了，我不喜歡醫院。』沈知陽只是簡短地回答。

他沒有辦法跟夏以風解釋，每次去到醫院，他都會覺得醫院的燈光刺得他的眼睛很痛；而且醫院裡充斥了太多聲音，好像同時有無數人在他耳邊說話。

打從小時候去過幾次醫院後，沈知陽就學會，以後只要還能忍耐身體的不適，不到萬不得已，他絕對不會和養父母說、也不會踏進醫院一步。

夏以風並不滿意他的回答，那天晚上，送沈知陽回家的路上，他一句話都沒說，讓沈知陽一直湧起一股想道歉的衝動。

當晚睡前，夏以風也沒有打電話來。沈知陽作了一個惡夢，夢到他自己站在命案現場，死者的屍體就在他眼前的床上，他可以清楚地看見家具的細節，清晰得好像那是他第一手的記憶。

睡醒時，沈知陽的身體再度被冷汗所覆蓋。他腳踝的傷口刺痛不止，包紮的繃帶中一直有血水滲出。

不過他一出家門，就看見夏以風站在公寓的門前。

『我怕你腳不舒服。』夏以風解釋。

『現在好多了。』沈知陽說。

這句話是事實。看見夏以風的瞬間，他就覺得，傷口的腫脹感好像沒有那麼明顯了。

接下來的一整個星期，許文琴都沒有來學校。

儘管梁芷含和張彥宸在群組和私訊裡問了好幾次，但許文琴都沒有回覆。在這個小意外發生的第三天，張彥宸終於忍不住跑去找班導詢問，這才知道，許文琴這幾天都在發燒，沒有辦法來上學，連期中考也只能缺席。

沈知陽對此自責不已。感覺這整件事都是他的錯——不管他做了或沒做什麼，至少有一件事可以確定，那些東西是來找他的。

他腳踝上的傷口就足以證明這一點。

得知許文琴生病在家後，梁芷含便提出想要去探望的想法，這個提議立刻就獲得了其他人的支持。於是這天放學，他們一行人便決定搭公車去許文琴家。

江明宇抬起手，指向正準備進站的公車。

「欸，就是那班吧？」

張彥宸回過頭，對著隊伍後方的沈知陽和夏以風喊道：「你們快一點啊，要上車了！」

夏以風低頭看了沈知陽一眼。

「你可以嗎？」

「可以。」

夏以風把手臂伸給他，充當他的臨時拐杖，兩人快步跟上其他人的速度。公車在站牌停下時，一行人剛好趕到車子的後門。

沈知陽被夏以風安置在博愛座上，其餘的人則抓著他身邊的吊環或欄杆。張彥宸拿著手機，一站一站確認他們的目的地。

抵達距離許文琴家最近的那一站，也花了他們將近二十分鐘的時間。當他們下車時，天色已經全暗了。

他們照著導航的指引，穿過一個小公園，走進寧靜的住宅區。他們在一幢公寓華廈前停下腳步。

「就在這裡。」張彥宸按下對講機。

一個女人的聲音從揚聲器裡傳出來。『哪位？』

張彥宸回頭看了大家一眼，然後湊上前。

「阿姨，妳好，我們是文琴的同學。」張彥宸說。「昨天有跟你們連絡，說要來看她……」

「嗶」的一聲，鐵門往內彈開，張彥宸和梁芷含率先走了進去。

他們搭電梯來到許文琴家的樓層，其中一間公寓的門已經開了，許文琴的媽媽站在門口等著他們。

「阿姨，請問……」梁芷含頓了頓，小聲地說：「文琴她還好嗎？」

許文琴的媽媽露出一個疲憊的微笑。

「這幾天燒燒退退的，去看醫生，也只說她是身體發炎。」她說。「剛才吃了藥，現在應該剛退燒吧。」

沈知陽不由自主地瑟縮了一下。他覺得比起看醫生，許文琴或許更需要去給人收驚。不管是誰，看到那樣的東西，一定都會嚇壞的。就連他自己都因為惡夢不勝其擾，更何況是完全沒有準備的普通人。

許文琴相信傳統宗教嗎？沈知陽突然發現，他從來不知道這一點。

「她在房間裡，你們就進去吧。」

阿姨帶他們走進屋內，指向客廳一側的房門。門上貼著許文琴喜歡的樂團海報，不過沈知陽並不認識。

梁芷含伸手在門上敲了敲，對著門板說：「文琴？我們來看妳了。我們現在可以進去嗎？」

沈知陽只聽見門裡傳來一聲含糊的聲響，梁芷含回頭看了大家一眼，然後小心翼翼地轉動門把。

沈知陽走在江明宇後方，夏以風則一手扶著他的背，走在最後面。

許文琴的房間小小的，放眼望去全部都是書，就連她的枕頭邊都堆著一小疊書本。許文琴正坐在床上，背靠著牆，棉被裹在腿上。

沈知陽注意到，許文琴把房間裡所有的燈都打開了，儘管她沒有在看書，她書桌上的檯燈卻是亮的，天花板上的三顆燈泡全亮，床頭櫃上的小夜燈也開著。

沈知陽嚥了一口口水。他懂這個感覺——不久前，他也做過一樣的事。

他們走進房間裡，許文琴便抬起頭。她的眼窩凹陷，有著深深的黑眼圈，頭髮不像平常在學校裡看見的那麼整齊。她看起來好像已經幾天沒有離開床鋪了，身上的衣服皺成一團，房間裡有一股沉悶的氣味。

梁芷含慢慢地往床邊走去，就像在小心翼翼地接近一隻流浪動物。

「文琴。」梁芷含輕聲說。「妳還好嗎？」

許文琴的眼神快速在他們每個人之間跳轉，好像在尋找什麼。她一一掃過梁芷含、張彥宸和江明宇的臉，當她的視線落在沈知陽身上時，她的表情就變了。

在沈知陽眼中，許文琴的臉像以慢動作變得扭曲。她雙眼大睜，布滿血絲的眼珠就像要從眼眶裡掉出來。她舉起一隻手，嘴巴緩緩張開。

有那麼一瞬間，她的面孔，和沈知陽惡夢裡的那些面孔重疊在一起。

許文琴喃喃地說了一句什麼。梁芷含困惑地看了看她，又轉頭看向沈知陽。

「文琴，妳有話想和知陽說嗎？」

沈知陽的心臟一陣緊縮。不，他想開口。什麼都不要說。

不知為何，他好像早就預料到許文琴要說什麼了。

「怪物。」許文琴說。

「許文琴。」張彥宸皺起眉。「妳在說什——」

「怪物……」許文琴一手撐著身體，往床鋪和牆壁之間的夾角退縮，另一手依然指著沈知陽。「怪物！不要……不要過來！」

沈知陽屏住呼吸。許文琴現在究竟看到什麼了？沈知陽對上許文琴的視線，而她漲紅的面孔和驚恐的眼神，幾乎就像是一面鏡子，他能想像自己在她眼中的模樣。

沈知陽知道她看到了什麼，就像他自己在鏡中看見的那樣。如果許文琴能看見那些東西，那她也有可能會看見他的樣子，對吧？

因為他和它們一樣，都是妖怪。

「文琴，你冷靜一點……」

梁芷含伸出雙手，一邊膝蓋跪在床上，試著碰觸許文琴的腿。

「不要碰我！」

許文琴尖叫出聲，雙腿在棉被裡瘋狂地踢動。梁芷含嚇得一個踉蹌，向後退開，張彥宸趕緊伸手攬住她。

「出去！快點出去！不要靠近我——」

許文琴的背已經抵在牆角，她再也無處可退。她四下張望，眼神瘋狂，接著她的雙眼聚焦在枕頭旁的那一疊書上。

沈知陽心中的警報大響，但是他的身體還來不及做出反應。

「文琴？」阿姨的聲音從他們身後傳來，逐漸靠近。「怎麼了？你們還——」

「不要靠近我，怪物！你們都是怪物！」

梁芷含驚慌的聲音喊道：「文琴，你在幹嘛？」

許文琴的尖叫聲在沈知陽耳裡嗡嗡作響。接著，他就被某個重物擊中額頭。一陣劇痛傳來，有一瞬間，沈知陽只覺得眼前一片空白。

「許文琴！」張彥宸錯愕地大喊。

「小心。」夏以風的聲音在他耳邊說道。

接著沈知陽就被夏以風一把往後扯開，讓他差點失去平衡，腳踝的傷口在拉扯下一陣刺痛。他眨眨眼睛，看向許文琴。只見許文琴手上抓著另一本書，再度往他扔了過來。這次夏以風及時把沈知陽拉出門外，厚重的書本砸了個空，砰一聲落在地上。

許文琴的媽媽急急忙忙地衝進房內。

「走，走，你們先出去。」她抓住江明宇的肩膀，將他往房門的方向推。

張彥宸將梁芷含護在手臂之間，推著她退出房間。梁芷含瞪大雙眼，回頭往床邊張望。許文琴將另一本書扔向門口，掉在張彥宸身後不遠處。尖叫持續不斷，然後便混入了嘶啞的哭聲。

許文琴的媽媽爬上床，雙手抓住不停掙扎的女兒，將她拉進懷裡。

「怪物……媽，救我……」

儘管許文琴的身子已經被媽媽擋住，沈知陽仍然可以清楚聽見她哭喊的聲音。

沈知陽感覺他的喉頭被什麼東西鯁著，使他吞嚥有點困難。他無法把視線從房門口挪開，但是夏以風抓住他的肩膀，硬是將他的身體扳往另一個方向。

「你的額頭……」夏以風的眉頭緊皺。

他往客廳的茶几上看了一眼，彎身抽起幾張衛生紙。

這時，沈知陽才意識到，他的額頭正在陣陣抽痛。他抬起一隻手，一碰到髮際線的地方就痛得瑟縮了一下。

夏以風走回沈知陽面前，伸手抬起他的下巴，面向客廳的燈光。

「讓我看看。」他低聲說，一邊撥開他的頭髮。

當衛生紙碰觸到他的傷口邊緣時，沈知陽倒抽了一口氣。夏以風立刻停下動作。

「對不起。我會輕一點，好嗎？」

「沈知陽，你有沒有怎樣？」

張彥宸和江明宇往他們身邊走了過來。張彥宸探頭往沈知陽的臉上看了一眼，立刻皺起鼻子。

「噢。沈知陽，你這幾天是怎麼了？血光之災喔。」

「芷含還好嗎？」

沈知陽的眼睛往沙發的方向看去，只見梁芷含坐在沙發一角，弓著背，把臉埋在手心。張彥宸搖搖頭。

「許文琴應該嚇壞她了。靠，連我都嚇死了。」張彥宸壓低聲音。「許文琴到底是怎麼了？有夠恐怖……」

「就跟中邪一樣。」江明宇附和道。

沈知陽垂下視線。就某方面來說，他們說的已經非常接近真相了。

夏以風的動作輕柔，將他額頭上的碎髮推開，一點一點擦拭。

「看起來傷口不大。」夏以風一邊說，一邊將另一張乾淨的衛生紙遞給他。「你先壓著。要壓緊喔。」

「謝謝。」

沈知陽照著他的話做。他的心跳仍然十分快速，現在他只覺得有點頭暈目眩。夏以風扶著他到沙發上坐下，張彥宸和江明宇則坐在梁芷含身邊。

客廳中陷入一陣沉默，只有許文琴的房裡傳來斷斷續續的抽噎。沈知陽額頭上的痛楚變得遲鈍了一些，只剩下隱隱的抽痛。張彥宸的手臂環著梁芷含的肩，輕拍著她。

不知過了多久，許文琴的媽媽再度走回客廳裡，將房門輕輕帶上。

「抱歉，你們特別跑來一趟，結果……」她回頭望了一眼房間，沒有把話說完。

「阿姨，是我們不好。我們刺激到她了。」沈知陽說。

「我不知道她是怎麼了。」許文琴的媽媽打量著沈知陽的臉。「你還好嗎？受傷有很嚴重嗎？我這裡有碘酒。」

她轉身從電視櫃下方拿出小小的家用醫藥箱，交到夏以風伸來的手上。

在夏以風替他處理傷口的時候，沈知陽聽著許文琴的媽媽說，這幾天，許文琴都不肯關燈，也不肯洗澡，甚至不願意吃東西，只要聞到肉的味道就會乾嘔。

沈知陽知道這是怎麼回事，他自己也經歷過幾乎一模一樣的過程。許文琴瘋狂的模樣在他的眼前依然清晰，一股罪惡感在他的心底徘徊。

這都是他的錯。他不知道這是怎麼發生的，但是他很確定，是他把這一切帶到他朋友面前的。

沈知陽的眼眶一陣發燙。他沒有辦法阻止自己，兩行淚水就湧出了眼角。

「對不起。」他低聲說。

「你在說什麼？」夏以風停下手上的動作，彎下身子，讓自己和沈知陽的臉平行。

「你怎麼哭了？」

「都是我的錯。」沈知陽閉上眼。「對不起。」

一陣窸窣聲後，沈知陽感覺到夏以風的手指撫過他的臉頰，抹掉他不斷滑下的眼淚。然後夏以風的手臂環過他的肩膀。

「知陽應該也被嚇到了。」他聽見夏以風對其他人說。「剛才突然被文琴攻擊……」

不是許文琴的錯，沈知陽搖著頭。但是他要怎麼把實話說出口？就連他自己都一團混亂。誰會相信他？他們也只會把他當成瘋子。

不久後，等到沈知陽冷靜下來，他們最後一次和許文琴的媽媽表示歉意和關心，就從許文琴家離開了。

張彥宸叫了計程車，送梁芷含回家，江明宇則去附近的捷運站搭車。沈知陽和夏以風一起往剛才他們下車的公車站走去。

夏以風垂著頭，一手插在口袋裡，另一手扶著沈知陽的腰，但是沒有說話。沈知陽抓著書包的背帶，一瘸一拐地往前走。

「以風。」沈知陽說。「如果你累了，就先回去吧。」

「為什麼這樣說？」

沈知陽聳聳肩。

「我只是覺得你看起來很累。」

「我沒有。」夏以風看了他一眼。「我只是有點生氣。」

「生氣？」

「對。」夏以風說。「我這樣說可能不是很好。但是許文琴讓我有點生氣。」

沈知陽張開嘴，卻一時之間說不出話。

「我跟她還不熟，所以我沒有資格說什麼。但是你們特別找時間去看她了，她卻說你是怪物。」

這句話就像一把錐子，刺中沈知陽內心某個柔軟的地方。他的鼻子一痠，又差點落淚。他嚥了一口口水，將喉頭腫脹的感覺吞下。

夏以風搖著頭。

「怎麼會有人對朋友說這種話？」他說。「我不能理解。」

沈知陽吐出一口顫抖的氣息。

「以風，我……」他頓了頓。要說出這些話，比他想像的要困難多了。「我覺得，她說得可能沒有錯。」

夏以風倏地轉頭看向他。「什麼意思？」

「我……」

一開口，眼淚就從沈知陽的眼眶中滾落。他們在騎樓裡停下腳步，夏以風抓住他的肩膀，將他轉向自己。

「你不要哭。」夏以風說。「慢慢說。」

「我……有時候會看到很可怕的東西。」沈知陽的聲音沙啞不已。「我不知道為什麼，但是……但是我覺得，可能是我讓文琴她……我讓她看到了不該看到的東西。」

夏以風皺起眉，表情變得無比困惑。

「你在說什麼？」

「我不知道。」

沈知陽沒有辦法繼續和夏以風對視。夏以風也覺得他是瘋子吧？就連他自己都覺得，他現在說的話，簡直就像個神經病，或是走火入魔的邪教成員。但是他不知道自己還能怎麼表達。

夏以風以後，還會願意繼續和他做朋友嗎？

「我最近……也覺得我快瘋了。」沈知陽用手摀住臉。

「你才不是瘋子。」夏以風說。

一雙手臂圈住沈知陽的身子，他的頭靠上夏以風的肩膀。夏以風的手指爬過他的髮絲之間，動作規律而輕柔。

「我在想，我可能……也要去廟裡找人看看。驅邪之類的。」沈知陽說。「就跟剛才江明宇說的一樣。我可能……真的中邪了吧。」

「才不會有這種事。」夏以風說。「那都只是迷信而已。」

「但是我不知道啊。」沈知陽回答。「我最近作的惡夢、我看到的那些東西，還有文琴對我說的話……如果那裡有人可以處理的話……」

如果可以把他身上的東西趕走，可以讓他不要再從鏡子裡看見那些不屬於他的部分。如果可以讓那些鬼影不要再糾纏他，不要再造成身邊朋友的傷害——他什麼都願意做。

夏以風沒有馬上回話，只是靜靜地抱著他。

「好吧。」最後，夏以風說。「如果這樣會讓你比較好過，我可以陪你去。」

沈知陽抬起頭，有點不敢相信自己的耳朵。

「你不會覺得我有病嗎？」因為他的確覺得自己有病。

夏以風垂下視線，對他露出淺淺的微笑。

「還好吧。宗教不就是這樣嗎？」他一聳肩。「如果你這樣能比較安心，那就去看看也沒差。」

沈知陽再度覺得鼻尖一陣酸澀，但是這次是因為別的原因。他抓住夏以風的制服胸口。

「謝謝你。你真的……不需要幫我到這樣的。」

「沒辦法啊。」夏以風摸了摸他的頭頂。「看看你，我才認識你多久？你就從樓梯上摔下來，又刮傷腳，現在又被砸破頭。你太讓人擔心了。」

「好像是喔。」

沈知陽不禁輕笑起來。

「好啦，現在，先讓我送你回家吧。」

「好。」

沈知陽點點頭，向後退開，抹去臉上的淚水。

「笑一個給我看看。」夏以風說。

沈知陽照他的話做了。

「這樣才對嘛。」夏以風微笑。「哭哭臉真的不適合你。」

他們一起搭上公車，回到沈知陽家的站牌。夏以風陪著他走到公寓樓下，當沈知陽從口袋裡掏出鑰匙時，他猶豫了一下，轉頭看向夏以風。

「你等一下還會打來嗎？」他問。

夏以風歪了歪頭。

「你想要我打給你嗎？」

沈知陽的臉頰逐漸變得溫暖。今晚他不想再作惡夢了，剛才在許文琴家的事，已經夠像惡夢了。他點點頭。

「那就趕快洗好澡，在床上等我嘍。」夏以風對他眨眨眼，咧嘴一笑。「我到家就打給你。」

沈知陽突然好想要再抱他一次。但是他只是打開公寓的大門，對夏以風揮了揮手。大門關上時，夏以風依然雙手插在口袋，目送著他。

去許文琴家的那一天，是他們最後一次見到許文琴。等到期中考過去一個星期，他們還是一直沒能等到許文琴回學校。他們再打電話去許文琴家，才知道，她爸媽已經幫她辦理轉學了。

許文琴從他們的群組退了出去，也拒絕和他們講電話，或給出任何解釋。梁芷含為此哭了一整天，讓張彥宸焦慮到不行。江明宇和夏以風也無法給予她任何安慰，而沈知陽只覺得自己必須要為這整件事負全責。

沈知陽和夏以風約好，接下來的這個週末，他們一起去行天宮看看。

出發前，沈知陽一直在網路上搜尋去廟裡探問的流程，但是也沒有查出什麼結論。最後，他決定就先像一般人去求籤那樣，投個香油錢、然後擲筊就好。至於他擲筊時要問神明什麼問題，他自己也還不知道。

沈知陽和夏以風約在捷運站出口，再一起走過去。當沈知陽走出電扶梯口時，夏以風已經站在階梯的扶手旁等他了。

一看見他，夏以風的臉上立刻浮現笑容。

「哇，從來沒有看過你穿便服的樣子耶。」他來回打量沈知陽的服裝，讚賞地點點頭。「不過好看的人，穿什麼都好看。」

沈知陽只穿著再普通不過的棒球外套和棉褲，因為是要去廟裡，他還特別挑了最普通的黑色和灰色，讓自己看起來低調一點。另外，他還戴了一頂帽子，將他的金髮藏在裡面。

「你也好看啊。」沈知陽微笑。

夏以風穿著一件深藍色的毛衣和卡其褲，讓他修長的身形看起來更高挑了，而且不知為何，毛衣的顏色讓他的眼睛看起來不那麼黑，更像是棕色。

沈知陽撇開視線，無法繼續看著夏以風的笑容。

專心，他告訴自己，他是來尋求神明幫忙的。他為什麼一看到夏以風，就會好像什麼都忘了一樣？

「走吧。」夏以風說。「讓我們看看神明說什麼。話說回來，行天宮裡的神是誰啊？」

沈知陽噗哧一聲笑出來，打了一下他的手臂。

「關聖帝君啦。太沒禮貌了吧。我是要來求祂幫忙的……」

「對不起嘛，我對這些真的很沒概念啊。」

他們沿著騎樓，往行天宮所在的十字路口前進。

現在是星期六接近中午的時間，一旁的大馬路上車水馬龍。

沈知陽和夏以風一來一往地閒聊，沈知陽一邊在心中反覆思考，等一下拜拜的時候要向神明說些什麼。

就在經過一間辦公大樓的門口時，沈知陽突然皺起眉頭。他眨了眨眼，往四周張望了一下。

有那麼一瞬間，馬路上的聲音，全部從他的耳朵裡消失了。取而代之的，是高頻得幾乎只能用感覺、而不是真正「聽見」的共鳴聲。

就像突然被液體淹沒一般，他突然感覺四周的一切都離他無比遙遠。

「以風。」他轉過頭，看向身旁的男孩。

夏以風的動作彷彿被放慢了好幾倍，沈知陽再度眨了眨眼，看見夏以風的眼睛戲劇化地緩緩睜大。

沈知陽的四肢失去了知覺。他垂下視線，有些困惑地看著離他越來越近的地面。

然後，同樣毫無預警地，一切又以快轉了好幾倍的速度湧回。瞬間爆炸的感官資訊讓他無法一一辨識，他還來不及對任何一件事作出反應，他就重重摔倒在地上。

他的胸口撞上騎樓的地磚，就像小學時被人用躲避球砸中那樣，讓他幾秒鐘無法呼吸。但是身體的疼痛，卻不是現在最難承受的。

沈知陽覺得他的腦子快要從裡頭炸開了。有什麼東西用力衝撞著他的腦殼，像是被困住的野獸。

「啊……」

沈知陽按住自己的頭，想要藉由揉壓來減緩疼痛，但是一點效果都沒有。四周的車流聲大得令他更加痛苦，好像那些輪胎都是直接從他的腦中輾過似的。

「知陽，知陽。」

一片混亂中，夏以風的聲音硬生生破開了一切，直達他的耳膜。

沈知陽轉過頭，臉頰貼在冰冷的磁磚地上。

「痛……我的頭。好痛。」他只能勉強吐出這一句。

他的視線有點模糊，而夏以風的臉在他眼中看起來有些扭曲。

夏以風的手臂將他從地上架起，沈知陽試著靠自己的力量站穩，他的膝蓋卻軟得像棉花。他只能掛在夏以風的手臂上，讓他拉著自己離開。

「再一下下。」夏以風的聲音在他耳邊說道。「等一下就會好了。」

沈知陽的眼前一片昏花，他甚至不知道夏以風要把他帶去哪裡。當一股帶著咖啡香味的空氣撲面而來時，沈知陽才終於發現，他們現在在馬路另一側的咖啡館裡。

夏以風把他帶到矮沙發的座位區，他的手一鬆，沈知陽就跌坐進椅背與扶手之間的夾角。

「你在這裡等我。」夏以風對他說。

沈知陽很想告訴他，現在他哪裡也去不了。但是他的頭還脹痛不已，說話對他來說暫時是不可能的任務。他只能閉著眼，一次一次提醒自己深呼吸。

不知過了多久，當沈知陽終於可以睜開眼睛時，夏以風正好拿著兩杯飲料回到桌邊。

夏以風把其中一個玻璃杯放在桌上，然後在沈知陽面前蹲下，將另一杯的吸管湊到他嘴邊。

沈知陽順從地張開嘴，冰涼的紅茶流進他的口腔。糖分與茶的香氣讓沈知陽忍不住多喝了幾口，才向後退開，吐出一口長氣。

「怎麼樣，好多了嗎？」

夏以風揚著臉，關心地打量著他的表情。

沈知陽勉強勾起嘴角，點點頭。

「頭還痛嗎？」

沈知陽猶豫了一下。

「不算痛了。」

現在他只覺得太陽穴的地方有血管在突突跳動，但是剛才那種好像頭骨要裂開的感覺已經消失。

夏以風微微一笑，把紅茶塞進沈知陽手心裡。他爬起身，在沈知陽身邊的座位上坐下。

「沈知陽，我真的會被你嚇死。」

「我知道。」沈知陽露出一個悲慘的微笑。「我也是。」

「剛才那是怎樣？」夏以風壓低聲音。「你以前有發生過這種事嗎？」

沈知陽沒有馬上回答。

「算有吧。我已經不記得了。」

夏以風對他挑起眉。

「我是長大之後才聽我媽講的。」沈知陽頓了頓。「她說他們在我小時候，有想要帶我去廟裡拜拜，去祈福之類的。結果我還沒有進到廟裡就開始大哭，哭到所有人都在看。然後他們剛到廟門口，就被廟公趕走了。」

「廟裡還會趕人啊？」夏以風咂嘴。「不就是有需要的人才會去嗎？」

「我不知道。」沈知陽說。「但我爸媽很生氣，覺得他們在欺負人。後來，他們就再也不帶我去那種地方了。」

「做得好。」夏以風說。「如果是我，我也會做一樣的事。」

「我後來有看到外國人說，他們要進宮廟，結果被趕出來，說外國人不可以進去。我猜可能也是因為這個原因吧。」

沈知陽伸手拍了拍頭頂上的帽子。

「所以我今天還特別把頭髮遮起來了啊。」沈知陽輕笑一聲。「結果……」

「我覺得，應該跟外國人什麼的沒關係吧。哪有外國人靠近宮廟就會頭痛的？」

沈知陽拿著吸管在杯子裡攪動。說實話，他自己也不相信。

夏以風沉默了一會，然後靠向他的耳邊。

「老實說吧。剛才，就連我都覺得有點不舒服。」

沈知陽轉向他。

「什麼意思？」

「頭痛啊。剛才你跌倒的時候，我也很不舒服。」夏以風說。「就好像有人拿鐵鎚在敲我的頭一樣。」

沈知陽咬著嘴唇，垂下視線。這代表什麼？

如果他會讓許文琴看見不屬於這個世界的東西，那是不是意味著，夏以風的不適也是他造成的呢？

他不知道這種事是怎麼運作的，但是這其中的可能性，卻讓他的心一沉。

「我是說，就連像我這麼鐵齒的人，都會覺得不舒服了。我在想，搞不好是廟附近有不乾淨的東西。」

「以風。」沈知陽說。「這樣說真的好嗎？」

「我是說真的。你看，這附近不就是殯儀館嗎？」夏以風說。「然後還有這麼多禮儀公司。就算我不相信這些，但是這個推論很合理吧。」

合理嗎？沈知陽不確定。真要說的話，他覺得最不乾淨的東西，就是他自己。但是夏以風看著他的眼神太堅定了，好像深怕沈知陽不接受他的說法。

「如果連我都會受到影響，那搞不好你越相信，那些東西能影響你的程度就越大？」夏以風說。「所以你的反應會比我嚴重，感覺也蠻合理的。」

沈知陽迎上他的視線。他在夏以風的眼中看見了滿滿的擔憂，一股罪惡感油然而生。

夏以風是為了讓他好過一些，才會這樣說的吧。如果他繼續和夏以風爭論下去，是不是反而顯得他得寸進尺了呢？

「可能吧。」最後，沈知陽同意道。

夏以風嘆了一口氣，身體終於明顯地放鬆下來。他拍了拍沈知陽的膝蓋，對他微笑。

「之後不要再嘗試這種事了，好嗎？」夏以風說。「如果你的體質這麼敏感，這樣真的太危險了。」

沈知陽舔了舔嘴唇。但是如果他不再接近宮廟，那他本來想要解決的問題又要怎麼辦呢？

「我再看看吧。」他說。

「不行。」夏以風緊盯著他。「你要答應我。你不可以一個人偷偷跑去廟裡求神問卜。好嗎？」

沈知陽猶豫著。

「就連你爸媽都知道不要再帶你去拜拜了。」夏以風繼續說道。「他們也是為了你好，不是嗎？」

看著他的眼神，沈知陽實在不知道要怎麼拒絕。

「好吧。」

夏以風露出滿意的微笑。他向後靠在椅背上，疲憊似地伸了個懶腰。

「哇，結果今天的行程還沒開始就結束了。」夏以風輕笑起來。「那我們等一下要去哪裡呢？」

沈知陽看著夏以風的側臉，突然想起了一件事。

「那……你陪我去剪頭髮好嗎？」

夏以風對他勾起嘴角。「要剪成天使的髮型了嗎？」

「我沒辦法保證喔。」

沈知陽低下頭，又喝了一口紅茶。不知為何，他覺得紅茶喝起來好像變得更甜了。

第五章

「哎唷，沈知陽，剪了新髮型喔。」

進到教室時，張彥宸一看見沈知陽，就扯開嗓門大聲嚷嚷。班上其他人紛紛轉頭往沈知陽的方向看，讓他忍不住瑟縮了一下。

夏以風在他身邊，伸手撥了撥沈知陽的頭頂。

「很好看吧。」夏以風說，好像被誇獎的人是他一樣。「我就跟他說，他很適合這種造型。」

「很可愛耶。」梁芷含說。「讓你的眼睛看起來更大了。」

沈知陽再度撫過自己蓬鬆的短髮，臉頰微微一紅。他的短髮造型通常都維持不了多久，因為頭髮長得比一般人快很多，要維持任何髮型都是一個大麻煩。

但是沈知陽得承認，不必一直綁頭髮，讓他的頭皮舒服了不少，好像就連腦袋隱隱作痛的時間也變少了。

他和夏以風來到座位旁，把書包放下。江明宇目不轉睛地打量著他。

「看起來年紀變小好多喔。」江明宇說。「這樣很像國中生耶。」

「你才像國中生啦，幼稚。」張彥宸回答。

「你才吃得像國中生一樣多呢。」

張彥宸對江明宇扮了個鬼臉，然後再度轉向沈知陽。

「你又沒有看群組了對不對？」他像是在指責。「你整個週末都沒出聲啊。」

「我有看啊。」沈知陽回答。

但是他確實沒有出聲，因為他不知道他要對那些話題做出什麼回應。

夏以風對張彥宸咧嘴一笑。

「沒辦法，你的話題口味太重了。我們比較清淡一點。」

過去這個週末，張彥宸在群組裡傳了一系列命案的追蹤報導。少了許文琴，群組現在突然安靜許多，也少了人和張彥宸討論這些奇奇怪怪的話題。他們把夏以風拉進了群組裡，但是那感覺還是很不一樣。

沈知陽盡量不點開那些標題看起來血腥的新聞和討論串，因為他只要看到相關的文章或照片，就算只是示意圖，他也會感到反胃。

現在在家裡，他也逃不開這些新聞的侵擾。每天回到家時，他的養母總會坐在客廳裡看電視，而電視上，總是那些恐怖的故事。

就算沈知陽不想知道，但他也逐漸得知這些命案的後續追蹤。根據屍體的狀態，警方認定，幾起命案都是同一凶手所為，也許是黑道份子尋仇，目前正在追查受害者之間的關聯性，全力緝凶。

同一凶手所為。這幾個字，對沈知陽來說卻帶有另一種含義。

他沒有足夠的證據，但是那些過度寫實的夢境，還有三番兩次來糾纏他的東西……

不，他不能繼續往這個方向想下去。

再說，如果真的是他做的，他怎麼會什麼都不知道？撇開那些夢境不談，他所有的時間，都是和其他人在一起、或者在家裡。

他不可能有機會做任何事……不可能。

如果他連這件事都開始懷疑，他就真的要瘋了。

沈知陽搖搖頭，阻止自己的思緒繼續流往這個方向。張彥宸對他挑起眉，手指戳戳桌面。

「說到這個，沈知陽，我已經想問你很久了。你跟夏以風現在到底是什麼關係？」

沈知陽一愣，心臟跳到喉頭。

「什麼？」

張彥宸的音量可不小，現在班上其他人，再度往他們這裡投來好奇的目光。其中一個人甚至對他們咧嘴大笑起來。

「沈知陽，有八卦喔？」

「並沒有。」梁芷含喊回去。「有的話一定第一個讓你知道啦！」

沈知陽只想要找個洞躲起來，躲到桌子下也可以。

他跟夏以風是什麼關係？以他的立場來說，他們沒有任何關係，他們就只是朋友而已。他們只是會一起上學、一起回家，晚上睡覺前還會講一兩個小時電話的朋友。

沈知陽偷瞥了一眼身旁的以風，但發現以風正微笑地看著他，雙手插在口袋裡，像是在等待他的回答。

沈知陽嚥了一口口水。

「沒有什麼關係啊。」他說。「就是朋友。」

「是這樣嗎？」張彥宸的眼神在他們之間來回跳轉。「開口閉口就是我們、我們的，還每天一起上學……」

梁芷含抓住張彥宸的手臂，把他往後拉。

「你們不要理他，他漫畫看多了。」梁芷含說。「對他來說，什麼都跟談戀愛有關。」

聽見戀愛兩個字，沈知陽突然覺得起了一陣雞皮疙瘩。

這樣算是戀愛嗎？

沈知陽從來沒有真正戀愛過，或者其實有，但是他從來不知道。他只知道他這輩子短短十七年的人生中，他一直試著在同儕之中尋找一個屬於他的位置。他的與眾不同也許是在外表上，但是內心裡，他與其他人之間的隔閡，卻比那大得多。

對他來說，戀愛什麼的，離他實在太遙遠了。

但有一件事他可以肯定：只有在學校、和夏以風在一起的時候，沈知陽才會覺得自己獲得片刻的寧靜。在夏以風身邊，他什麼都不必想，他只需要當一個普通的高中生就好。

每天期待接到他的電話，期待在電線桿旁看見他，當夏以風笑時，他就感到開心，當夏以風臭著臉時，他也覺得心頭籠罩一層烏雲。

這樣算是……喜歡嗎？

「沈知陽說沒有，那就沒有嘍。」夏以風輕鬆地說道。

沈知陽又看了他一眼，只見夏以風對他挑起眉，聳了聳肩。一絲小小的失望，突然從沈知陽的心底竄出。

早自習的鐘聲響起，他們回到自己的座位。夏以風拿出作業本，埋頭開始寫還沒寫完的習作，沈知陽則拿出英文課本，想著可以趁下次小考之前多背幾個單字，但是他發現，他的視線一直往夏以風的側臉飄去。

沈知陽摀住臉，揉了揉眼睛。

都怪張彥宸突然說了奇怪的話，害他現在什麼都沒辦法專心。

午休時間結束時的鐘聲，把沈知陽從一個美好的夢境中喚醒。

一睜開眼，他就忘記他夢到了什麼。但是他記得夢裡的感覺——溫暖、安全而穩定，就像一個擁抱。如果可以，沈知陽真想繼續待在夢裡，也許能待上一輩子最好。

他從桌面上爬起來，但是身邊的座位卻是空的，夏以風不像往常一樣坐在那裡。沈知陽四下張望了一下。張彥宸和梁芷含還在睡，不過他發現，江明宇也不在位子上。

沈知陽套上外套，準備在上課前先去一趟廁所。當他站起身時，他的眼角餘光掃到某個白色的物體。

又是一根羽毛，就這樣明目張膽地躺在他的椅子上，已經被他的體重壓彎了。

沈知陽的心臟突然加速起來。剛睡醒的他，血液還沒有恢復正常的流速，猛然加快的心跳讓他不禁一陣暈眩。他趕緊抓起羽毛，將它折成三截，塞進抽屜裡。

他還記得他上次在學校裡看見自己的羽毛時，他把羽毛給了許文琴。

沈知陽的心一沉。

那是原因嗎？是因為擁有了屬於沈知陽的東西，才導致許文琴後來受到折磨嗎？

沈知陽快步走出教室。風很大，從走廊邊敞開的窗戶傳來。沈知陽把外套的領口拉緊。

走廊上還有其他班級的學生，許多是沈知陽見過的，但是從來沒有說過話。他小心翼翼地繞過其他人，避免擋住別人的路，一邊往走廊盡頭的廁所走去。

一陣風吹過，冰冷的空氣打在沈知陽的後頸，讓他的汗毛豎了起來。

然後他的心猛地一跳，使他在走廊上停下腳步。

是沈知陽想太多，還是他真的聽見了什麼聲音？

那個聲音就像是來自隧道尾端的回音，一開始，只像是某種共鳴。沈知陽覺得自己好像耳鳴了，忍不住用手摀住一邊的耳朵。

「啊——啊！」

一陣斷斷續續的慘叫聲劃破了走廊上的寧靜。沈知陽身邊所有的人像是受到某種召喚，不約而同地轉過頭，看向廁所的方向。

沈知陽感覺全身的血液變得冰涼。

他不會聽錯。那是夏以風的叫聲。

沈知陽的腳彷彿有著自己的意志，向前邁開。在他反應過來之前，他就已經在走廊上飛奔了起來。

「對不起、借過⋯⋯」沈知陽在學生之間笨拙地閃避。「不好意思。」

夏以風怎麼了？沈知陽從來沒有聽過他那樣尖叫過。

難道是他——

但接著，沈知陽就看見另一個人影正在往他的方向狂奔。一頭濃密的黑髮在他的腦後擺盪，修長的雙腿邁著大大的步伐。

「以風……」

「知陽！」

夏以風在他面前煞車不及，差點一頭撞上沈知陽的身子。他雙手抓住沈知陽的手臂，力量大得幾乎要把沈知陽撞倒。

「以風，怎麼了？你有受——」

「快點，快來。」夏以風上氣不接下氣地說。「江明宇他……江明宇他受傷了！」

「什麼？」

沈知陽還沒有意會過來，夏以風就抓著他的手臂，帶著他往廁所的方向飛奔而去。

還沒有靠近廁所的入口，沈知陽就覺得空氣的溫度，突然之間又下降了好幾度。廁所裡的燈似乎沒有打開，或者、或者又因為什麼原因而暗了下來。

兩人的腳步逐漸減緩，在廁所門口停下。

沈知陽的腸胃一陣翻攪。

「江明宇呢？」

「他在裡面。」夏以風輕聲說。沈知陽聽見他聲音裡的顫抖。「我、我不知道……」

像夏以風這麼不信邪的人，是什麼可以把他嚇成這個樣子？

沈知陽感覺自己的喉嚨緊縮起來。他小心翼翼地踏進廁所入口的陰影中。

然後他就看到了。就在那裡，在廁所洗手臺前的地上，江明宇正動也不動地趴著。一片深色的汙漬在他的頭髮下擴散，在磁磚的表面與間隙之間蔓延。

「江明宇！」

沈知陽下意識地奔上前，卻在距離江明宇兩步遠的位置停下腳步。在他正前方，髒兮兮的鏡子上，有兩隻張開的手印，帶著同樣的深色痕跡，一路拖拽到鏡子邊緣。

沈知陽的喉嚨不舒服地反覆蠕動，威脅著要把胃酸推上來。

沈知陽回過頭，看向夏以風。

「快去跟班導說。我來叫救護車。」

「好。」

夏以風立刻轉身，拔腿就跑。

沈知陽掏出手機，撥出警急求助的號碼。他慌亂地報上自己的學校名稱，下顎顫抖不已，兩次咬到自己的舌頭。

「在三樓的男廁。」沈知陽聽見自己的聲音說。「有一個男生撞到頭，暈倒了。是，有出血，流了很多血……對，他現在還躺在地上……」

暈眩的感覺使他無法站穩，他在江明宇身邊蹲下。

沈知陽閉上眼睛，試著讓自己保持平衡。

一個畫面從他的眼前閃過，就像太過搖晃的攝影鏡頭。沈知陽發出輕微的乾嘔聲。又是一個畫面。這次，他可以看見了。好像他就在現場，以第一人稱視角所看見的東西。江明宇驚恐睜大的雙眼，仰著頭，直直盯著上方的某處。

沈知陽眼前的畫面一陣混亂地晃動，他看見江明宇的身體像被某個外力往後一扯，撞上小便斗之間的隔板。江明宇掙扎著想從地上爬起，但是他的身子又像被人提起一樣，再度向後摔倒。這次，他撞上了洗手臺尖銳的角落磁磚。

沈知陽渾身顫抖不已，四肢冰涼。

廁所裡明明應該只有他和江明宇，但是此刻，他卻覺得這裡不只有他們兩個。鏡子上那兩個手印，幾乎就像是一個宣告。

「知陽，明宇——」

班導的聲音將沈知陽拉回現實，沈知陽抬起布滿淚水的雙眼，艱難地抬起頭。他看見班導臉上震驚的表情，還有她身後，夏以風面色慘白的模樣。沈知陽向前跪倒在廁所骯髒的磁磚上，胃酸湧進他的嘴裡。

夏以風的鞋尖出現在他的視野裡，然後是他的手，把兩張擦手紙遞到沈知陽的面前。

沈知陽接過他的紙巾，按在嘴上，將嘴裡的胃酸擦掉。他的喉嚨在灼燒，讓他吞嚥有些困難。

夏以風小心翼翼地扶著他站起來。

「我們先回教室吧。」夏以風低聲說。「這邊讓班導處理。」

「可是，明宇他……」

沈知陽再度看向倒在地上，毫無生氣的明宇。

「救護車等一下來了，他就會沒事的。」夏以風說。「你不要慌，嗯？」

沈知陽不再反對，讓夏以風帶著他走出浴室。走廊上聚集了許多好奇看熱鬧的學生，夏以風只能用他的肩膀把人們頂開，才能往教室的方向走。

但是沈知陽要怎麼不慌？

他甚至不需要問夏以風剛才發生了什麼事。好像深怕他不知道似的，那些畫面就像壞掉的影片檔案一樣，毫無邏輯地在他眼前閃爍。

他剛才看見的東西……那究竟是什麼？那不可能是他的記憶。事情發生的時候，他人還在走廊上呢。

那些東西，那些像怪物一樣的、扭曲的人體。它們是來找他的。不僅要找他，還要找他的朋友們。

「對不起，知陽。」夏以風在他身邊說，聲音卻離得他很遙遠。「我剛才應該要直接去找班導的。但是我……我嚇傻了。明宇跌倒的時候，流了好多血……」

血。到處都是血。沈知陽最近看過的血，已經太多了，多得遠超出他能承受的程度。

「不，是我的錯。」沈知陽低聲說。

他的視線難以對焦，走廊上的地磚邊界變得有些模糊。如果不是夏以風攙扶著他的手臂，他大概連走回教室的能力都沒有。

「這怎麼會跟你有關係？」夏以風用力搖晃他的手。「知陽，你到底在說什麼？」

沈知陽只是搖搖頭，咬住嘴唇。

他居然以為他可以裝作這件事不存在；已經有一個許文琴的先例了，他怎麼會這麼愚蠢呢？

他不能繼續躲在夏以風身邊，假裝日子能過下去就好。如果他不做點什麼，飽受折磨的人就不是他，而是他的朋友。

這些朋友不在意他的外貌、不在乎他彆腳的社交技巧，也不在乎他經常在他們的朋友圈裡像隱形了一樣。他們包容、接受他，就只因為他是他。

要沈知陽無視他們遭受的傷害，只求自己舒適，他做不到。

夏以風在他身邊說了些什麼，但是沈知陽沒有聽見。

有些事情他必須要去做。就算他得為此付出無法估計的代價，他也必須要做。

沈知陽的心中有一個計畫。這次他很確定，他有個明確的計畫。

他要回去廟裡，問清楚他身上究竟有什麼東西。如果真的有不該存在的東西在糾纏著他，他就要請求關聖帝君、或是任何一個夠強大的神明，把它從他身上驅走。

就算這代表他得忍受肉體上的痛苦，他也義不容辭。

沈知陽還沒有走出捷運站出口，他的雙膝就已經開始微微發顫。上次和夏以風一起前來的時候，他在半途中摔倒的事，現在想起來，依然令他心有餘悸。

但是今天他無論如何都要得到答案。

他是妖怪嗎？或者他是單純瘋了，需要進醫院治療？

如果他先去尋求科學的幫助，會比較好嗎？

但是不對。發生在許文琴身上的事，不可能用科學來解釋。沈知陽不知道為什麼會這樣，但是他心裡知道，鬼神之事，只能用鬼神的方法來解決。

而江明宇那天被送離學校之後，他也一直都沒有再回來學校。三天後，沈知陽忍不住跑去向班導問了後續狀況。班導猶豫了一會，才簡單地告訴他，江明宇現在依然在醫院。

「但是我們來談談你吧。」班導對他露出安慰的微笑，輕輕拍拍他的手背。「知陽，你還好嗎？」

沈知陽只能點頭。他不想再製造別人更多的擔心。但是他知道，他一點都不好。

他今天，一定要把這一切變好，無論他需要用什麼方法。

沿著騎樓前進，沈知陽看見了上次他和夏以風一起去的咖啡館，就在馬路的另一邊。再往前走一點，就會抵達他上次跌倒的地方。

他拒絕在同一個地方跌倒第二次。物理上的。

耳鳴的感覺再度襲來。但這次沈知陽深吸一口氣，堅決不向耳朵裡嗡嗡作響的怪聲屈服。

他繼續往前走，但他的腳開始不聽使喚。他可以感覺到他的腳踝和膝蓋頓失力量，讓他的腳步變得踉蹌。

「呼，哈……」

他伸手扶著騎樓的樑柱，喘著氣，繼續往前走。他不會在這裡倒下的。如果他連靠近廟宇都辦不到，他要怎麼解決他身上的問題？

沈知陽彷彿可以用旁觀者的視角看著自己的模樣。

他知道路上的行人都用懷疑或關注的目光看著他，但是沒有人想要靠近。他看起來或許真的很像瘋子吧，在風和日麗的冬天中午，他卻像是逆著風、頂著熱浪般，滿頭滿臉都是冷汗。

如果他們把他當成毒癮發作的癮君子，結果也許會更糟。但是沒有，大部分的人對他只是避而遠之。

頭痛的感覺在他的預料之中，但是不代表他能夠承受。

「呃啊……」

他控制不住自己，他必須發出低喊，不然他感覺他的頭就要被壓力撐爆了。

沈知陽跌跌撞撞地來到下一根樑柱旁。他抓住冰涼的石板，將臉頰貼在冰涼的表面上。

他勉強撐開眼皮，透過眼前的水霧，他可以看見寬闊的十字路口和斑馬線。這是離開騎樓前的最後一根樑柱。如果他放開手，接下來就是一片沒有任何遮蔽和支柱的柏油路。

只要再幾百公尺，他就可以抵達行天宮的入口。只要到了那裡，就有人可以幫他了。只要他能在綠燈有限的秒數下穿越馬路就行。

但首先，他要能越過那段小小的紅磚人行道。

沈知陽深吸一口氣，試著讓自己越發猖狂的頭痛緩和一些。他試探性地踏出一腳，然後是另外一腳。

他辦得到的。

沈知陽跨出一步，終於鬆開手。

他的腳離開騎樓上平滑的磁磚，踏上粗糙的紅磚地。

他的頭就像被東西從內而外貫穿一樣，痛得他失去重心。他甚至一步都還沒走出去，就向前摔倒在地。

首先接觸到地面的是沈知陽的雙手，他慘叫一聲，手掌一陣火辣辣地疼。但是沒有東西能比過他頭顱內的戰爭。

他發誓，他可以感覺到有個實體的東西在裡頭瘋狂地衝撞，想要從他的頭頂衝出來。不只是頭，他的腸胃裡也彷彿有不屬於他的東西，正在撕扯著他的內臟，威脅著想要破繭而出。

噗嘔——

他想要把那個東西吐出來，不管那是什麼，它都不應該在他的身體裡。

如果他能把它弄出去，他就能解脫了。他就是知道。

沈知陽的手來到自己的喉嚨，拚命抓撓。他的皮膚灼傷般劇痛起來，但是只要能把那個東西弄出來，這一點點的皮肉之苦又算什麼？

——不。

一個如同雷聲一樣的巨響在他的腦袋中迴盪。

沈知陽的身體瞬間失去所有力量，向前栽倒。他可以聞到嘔吐物的氣味，噁心的酸味灌滿他的鼻腔，讓他無法呼吸。

他好冷，全身都好冷。冷意從他的身體最深處，一路侵襲到皮膚。無論他身穿多暖的衣物，都無法驅散那股寒意。

沈知陽的身體無法抑制地劇烈顫抖起來。

他的眼前的景象變得十分詭異。黑色的影子從四面八方包圍過來，迅速縮小他的視野範圍。

在他完全失去視力之前，他最後看見的東西，是一根根從天而降的白色羽毛。

又是那雙金色的眼睛，無處不在地凝視著他。

沈知陽只想要躲藏起來，但是四周是一片混沌，他無處可躲。

沈知陽失去了形體。他只是一團模糊的氣息，在一望無際的深淵之中遊蕩。

龐大的恐懼感攫住了他。

他會死。沈知陽很清楚。那雙眼睛看著他。他會死的。

沈知陽睜開眼睛時，一瞬間，還不知道自己身在何處。

他最後的記憶是行天宮對面的人行道地磚，粗糙的紅磚表面磨過他的臉，刺痛不已。

但是現在他看見的，卻是他再熟悉不過的天花板。房間正中央的燈座是樸實的木頭底座，三顆燈泡正照射出溫柔的黃色光線，這是沈知陽看了一輩子的景色。

「知陽。」養母的聲音從床邊傳來。

沈知陽眨了眨眼，緩緩轉過頭。他的臉頰一碰到枕頭就感受到一陣刺痛，讓他忍不住瑟縮了一下。

「媽。」

他的聲音沙啞，喉頭乾澀。他痛苦地吞嚥了一口口水。

「來吧，喝一點水。」

養母拿起一旁的馬克杯，接著另一個人走上前來，靠近沈知陽的床邊。看見夏以風時，沈知陽不禁感到有些錯愕。

以風？他怎麼會在這裡？

「讓我來吧。」夏以風對他的養母點點頭，一邊伸出手臂，將沈知陽的上半身從床上抬了起來。

夏以風在他背後墊了另一顆枕頭，讓沈知陽可以舒適地靠著。他從沈知陽的養母手中接過馬克杯，湊到沈知陽的嘴邊。

「慢慢喝。」

夏以風的聲音放得很輕，在沈知陽的床沿坐下。

溫熱的水流經沈知陽的喉頭，他閉上眼睛，感受水分的滋潤。他從來沒有覺得單純的水這麼好喝過。

幾秒之後，他再度睜開眼。

夏以風將幾顆藥丸放到沈知陽的手中。

「這是維他命和鐵劑。」夏以風解釋道。

沈知陽順從地把藥丸吞下，然後轉向他的養母。

「媽，我是怎麼……」

他是怎麼回家的？還有……為什麼以風會在這裡？

養母坐在一旁的書桌椅上，看著他的表情有點困惑。

「你今天不是和以風出去玩了嗎？」她說。

沈知陽的眉頭微微一皺。他沒有和夏以風約，也沒有告訴他的養父母他要去哪裡。

他知道他們都不會希望他去的。

「知陽可能還沒有完全清醒。」不等他回應，夏以風就先插嘴了。他一手輕輕覆蓋著沈知陽放在棉被上的手指，一邊對他的養母露出帶著歉意的微笑。「阿姨，對不起，我約他出去，但是沒有把他照顧好。」

養母搖搖頭，輕拍夏以風的肩頭。

「你把他安全送回家，我就已經很感謝你了。」

「知陽最近在學校也常常貧血的樣子。是不是和天氣變冷有關呢？」

聽著夏以風和養母說話的內容，沈知陽卻覺得他們好像在說一個和他無關、只是和他有著相同名字的人。以風在說什麼？為什麼他要和養母說這些謊話？

沈知陽只是默默地捧著杯子，聽夏以風和養母又說了一會話。最後，養母從他的書桌椅上站起身。

「以風今天留下來一起吃晚餐吧？一般的家常菜可以嗎？」

「阿姨妳方便就好，我什麼都吃。」夏以風回答。

養母離開了房間，將房門輕輕帶上。

房間裡只剩下他們兩人，有一小段時間，他們都一句話也沒說。夏以風背對著他，一手雖然搭著沈知陽的手指，卻看也不看他。

「以風。」沈知陽低聲說。

夏以風緩緩轉過頭，視線落在他身上。看見夏以風的眼神，讓沈知陽有點畏縮。

夏以風的表情說不上是生氣，但是他看起來很不高興。更準確地說，是受傷。

「你到底在想什麼？」

沈知陽咬著嘴唇。

「我不是跟你說好了，叫你不要去的嗎？」

夏以風的聲音不大，但沈知陽感覺自己的眼眶開始發熱。他避開夏以風的視線，看向手中的杯子。

「對不起。」

「你應該要跟你爸媽說對不起。」夏以風說。「如果他們知道你又跑去那種地方，你覺得他們會怎麼想？」

「我……沒有想要讓他們知道。」

「對，當然，因為你自己也知道這樣做不對，不是嗎？」夏以風說。「所以你才沒有告訴別人說你要去行天宮，對不對？」

沈知陽又嚥下一口口水。他的眼睛一眨，一滴眼淚就從眼角掉下。

「你知道，我接到電話的時候，我真的快嚇死了。」夏以風的聲音很低。「看到你的名字打來，但是說話的是路人的聲音，我心臟差點都停了。」

沈知陽抬起眼。

夏以風的鼻頭有些泛紅，眼眶也是。

「可能是因為我是最後一個打電話給你的人，所以那個人就直接打給我了。」夏以風說。「你想想看，如果是你媽接到路人的電話，說你在路邊昏倒，她會怎麼樣？」

回想起失去意識前的不適，沈知陽再度感到一陣反胃。他只能慶幸，無論是誰打的電話，至少那個人不是幫他叫救護車。

沈知陽的胸口一陣緊縮。夏以風的表情使罪惡感在他的心頭盤旋不去，他抬起手，抹掉臉上的眼淚。

「對不起。」

除了道歉，他真的不知道自己能說什麼。

「我把你送回來的時候，你媽也嚇死了。我只能跟她說你是跟我出去。」夏以風的聲音變得沙啞。「你就這麼想要讓她擔心嗎？」

「我沒有。」

「你就這麼想要讓我擔心嗎？」

沈知陽咬著自己口腔內側的皮肉。夏以風的話令他內心有一種激動的情緒，但是他現在暫時無法指明。

「我們講好的，知陽。」夏以風說。「你答應過我。如果不是為了你好，我為什麼要那樣交代你？」

「我知道。」沈知陽低語。

他知道夏以風是為了他好，他當然知道。但是他這麼做也是為了其他人好。他的嘗試又一次失敗了，現在呢？如果他沒有辦法把占據他身體的另一個東西處理掉，下一個要犧牲的人又是誰？

要命。他到底該怎麼辦？

沈知陽用一隻手摀住臉，閉上眼睛。

他感覺到床鋪一陣搖晃，然後夏以風的身體靠了上來。雙臂將他圈住，輕柔地搖晃。夏以風的下巴靠在他的頭頂。

「我都在想，你是不是故意的。」夏以風喃喃說道。

「什麼？」

「你是不在乎我，才不把我說的話當一回事嗎？」夏以風說。「還是你想要惹我生氣，才能證明我關心你？」

又是那股酥麻的感覺，最近已經變得越來越熟悉了。沈知陽容許自己更靠近夏以風的肩膀。

「對不起。」他說。「我不是故意的。我只是……沒有別的辦法了。」

「但是，知陽，你不需要找什麼辦法啊。」夏以風說。「我不知道你為什麼會覺得那些怪事會和你有關係，可是你只是一個高中生而已。」

「但是先是文琴，後來又是明宇。」沈知陽說。

他的心臟怦怦跳著。要他承認這些事，會讓他聽起來像個精神錯亂的瘋子，但是他必須告訴以風。

「我之前跟你說過，我會看見奇怪的東西……有時候，我看到鏡子裡的我，也不是我現在的樣子。」他說。「我覺得，我身上可能真的有不乾淨的東西。」

夏以風只是沉默著，沒有回答他的話。

「所以我才想去問問看……如果廟裡有人可以處理，或許他們就能幫我把它驅走。」沈知陽頓了頓。「上次去文琴家，她說我是怪物。我猜，她可能也看到了吧。」

夏以風不耐煩地咂嘴。

「所以我才說她讓我有點生氣，你看，就是這樣啊。真正的朋友才不會說那種話。」夏以風說。「也許你真的是靈異體質還是什麼的，無所謂。但這也不是你的錯。難道你是自願要有陰陽眼的嗎？」

「但是……我會傷害到他們。」沈知陽再度哽咽起來。「看到明宇的樣子，我好痛苦……」

夏以風把他抱得更緊了。

「如果他們這麼害怕被鬼纏上，那他們可以去求平安符還是什麼的。」他說。「但是如果他們要拿這件事怪你，我就覺得很好笑。如果，我是說如果，你真的有靈異體質，他們又能怎麼辦？叫你去死嗎？」

沈知陽自己也知道這句話聽起來有點荒唐。怎麼可能呢？他不覺得他的朋友們會說出這種話。

但是江明宇倒在地上，流了一地的血，看起來就像死了一樣。

如果……如果明宇真的死了的話。

沈知陽不知道他還有沒有什麼別的辦法。

「我不知道。」最後，沈知陽只能這麼說。

夏以風的身體猛地往一旁退開，將沈知陽轉過來面向他。

「你不要嚇我。沈知陽。」夏以風彎下身子，讓自己和沈知陽的視線齊高。「不准你講這種話。」

夏以風的眼神強烈得令沈知陽無法直視。

「好。」他說。

第六章

每天和夏以風講電話是一個習慣，就某方面來說，或許也能稱為一個癮。而只是一天沒有等到夏以風的電話，那種戒斷症狀的反撲，幾乎比過去任何一次的惡夢都還要恐怖。

沈知陽已經不記得，以前沒有和夏以風講電話時，自己是怎麼入睡的了。

在行天宮的小意外後，又過了兩天。沈知陽像平常一樣，快速沖完澡，就回到他的床上躺著。

不知為何，他今天一直感到有些心神不寧。是因為江明宇的座位依然空著，還是因為夏以風在晚自習的時候看起來有點太過疲憊？

沈知陽問他發生了什麼事，但是夏以風只是對他露出一個淺淺的笑容，說他前一天晚上沒有睡好。送沈知陽回家的路上，夏以風的話也很少；沈知陽試著逗他，和他開玩笑，但夏以風給他的回應有些心不在焉，好像在擔心別的事一樣。

沈知陽縮在被窩裡，想要用厚重的羽絨被趕走房間裡的涼意，但是他卻覺得手腳碰觸到的每一個表面都是冰冷的。

時間已經過了晚上十一點，超過平常夏以風會打給他的時刻。沈知陽漫無目的地滑著手機，看著IG上一則則不重要的貼文，眼睛卻不時往螢幕角落的時鐘看去。

又十五分鐘過去，沈知陽終於忍受不了。他打開通話紀錄，上頭一整排全是夏以風的來電。

他按下夏以風的名字。電話響了十秒、二十秒，但是遲遲沒有接通。沈知陽掛掉電話，又重播了一次。依然沒有人接聽。

撥出第五次時，沈知陽的手已經開始顫抖。他感覺到自己的胃緊縮成一團，連帶地身體都變得僵硬。

為什麼以風不接他的電話？他明明知道這個時間他們都要通話的，不是嗎？如果以風真的如他自己說的那麼在乎他，他怎麼會一聲不吭地消失？

難道，以風也是故意在做一些會讓他焦慮的事，好證明知陽對他的在意？

不，以風不會的。沈知陽知道。夏以風才沒有那麼幼稚。

除非……除非他不是自願消失的。

這個念頭一旦浮現在腦海裡，沈知陽就再也無法假裝它不存在。

夏以風也發生了什麼事嗎？

一股冰冷感滑下沈知陽的背脊。

夏以風是和他走得最近的人。就算夏以風再怎麼鐵齒，但這種事，畢竟不是不相信就可以不存在的。如果那些東西真的找上夏以風，沈知陽永遠也不可能原諒得了自己。

沈知陽又打了幾次電話，但是依然無人接聽。

當他最後把手機扔向床尾時，沈知陽的心臟已經跳得像要爆炸了。

他咬緊嘴唇，把房間的燈關上，用棉被把自己緊緊裹住。他的身體還在發抖，臉頰貼著枕頭，被紅磚地刮傷的皮膚依然隱隱作痛。

黑暗中像是有東西在盯著他，沈知陽的心中浮現出那雙金色的眼睛；到這個時候，他幾乎都覺得自己認識它了。他想像自己體內的那個長著翅膀的妖怪，正籠罩在他的頭頂上，用金色的眼睛觀察著他。

「你到底想要什麼？」沈知陽喃喃對著枕頭說道。「你想要對我的朋友們做什麼？」

房間裡一片安靜，甚至有點太過安靜了。他的手機依然靜靜地躺在他床上的某個角落。夏以風沒有打來，也沒有給他任何解釋，就只是保持全然的沉默。

他緊閉上眼，把啜泣聲埋進枕頭中。

不知何時，沈知陽陷入了一個混亂卻真實的夢境裡。

沈知陽幾乎沒有感覺自己睡著了。他的感受更像是他眨了眨眼，然後就被瞬間移動到了另一個地方。

一陣暈眩中，沈知陽環顧著周遭的環境。他所處的空間很暗，暗得他什麼也看不見。

但這片黑暗並不是單純的黑。在某些地方，他可以看見暗紅色的光暈。

他就像在一個房間裡，有一扇房門的四周透進了四方形的光線。微弱的光線反射在深紅色的液體上，然後映入沈知陽的眼裡。

然後沈知陽感覺到手指下方奇異的觸感。

柔軟，黏膩，溫熱。

沈知陽垂下視線。

他看見的是一張大大撐開的嘴，舌頭以不正常的姿態垂掛在嘴角。嘴唇下方外露的牙齒看起來斑駁不已，上面爬滿了深色的痕跡。

更多深色的液體從嘴巴上方流下來，流過嘴唇，滴進張大的口腔。從鼻孔中溢出的血，似乎還在流動。沈知陽的視線就像一臺攝影機，違背他的意願，繼續向上移動。

他不想看。他不該看的。

他看見一雙如玻璃珠般的眼睛，眼皮撐得很開，眼珠好像隨時要從裡頭滾出。這雙眼睛已經失去應有的靈魂，空洞而黑暗地直盯著上方，好像在它們失去主人的前一刻，正在看著某種不可名狀的恐怖之物。

沈知陽的耳邊響起張彥宸發自丹田的笑聲，卻在幾秒後轉變成聲嘶力竭的慘嚎。

是張彥宸。此刻在他手掌下，已經失去生命，卻還溫熱的軀體，是張彥宸。

沈知陽緩緩抬起手。

他的手被液體覆蓋，微微反光。

沈知陽感覺到自己的嘴邊，有什麼東西滴了下來。

他將嘴裡的東西吐在手心裡，定睛一看。

那是一塊帶著骨頭的肉塊，就像傳統市場裡賣的生排骨。

「不。」

沈知陽看著自己的手，再看向身下一動也不動的張彥宸。

「不、不……」

沈知陽的視線變得扭曲，頭痛欲裂。濃烈的血腥味竄進他的鼻腔，他的雙手顫抖不已，但是它們卻不受他控制地再度伸向張彥宸的身體。

「不要，不要——」沈知陽尖叫。

他的手撕扯張彥宸肋骨下方柔軟的皮肉，將已經破開的腹腔扯得更開。他的手就像屬於另一個人、另一個生物，抓住裡頭充滿彈性的肝臟，然後在沈知陽張嘴大叫的時刻，將大塊的臟器塞進嘴裡。

他的喉嚨像機器般蠕動、吞嚥，但過大的肉塊堵住了他的喉管。

沈知陽沒有辦法呼吸。

張彥宸空洞的雙眼仍直直望著他。沈知陽可以從他眼裡看見自己的模樣。

就像許文琴說的那樣。他是怪物。

而現在，他吃了自己的朋友。

沈知陽倒抽一口氣，驚醒過來，身體被厚重的被子纏得無法動彈。他掙扎著將自己解救出來，衝進廁所。這次他有記得關上門。

他只吐出一堆胃酸和膽汁，但是他的腸胃似乎拒絕放過他。

沈知陽趴在馬桶上喘著氣，任由淚水和汗水爬滿臉頰。

他不確定時間過去多久，等他終於站起身，把臉清洗乾淨後，他回到房裡，才發現天已經亮了。他沒有辦法再回到床上，此刻就連他的床鋪都令他想吐。

沈知陽在書桌上趴下。鬧鐘真正響起時，沈知陽覺得他根本一整晚沒睡。

他機械式地進行出門上學前的準備工作，和養母說了再見。他的頭很暈，眼前看見的東西就像是透過水面一樣。

公車的車程像一眨眼就結束了。沈知陽甚至沒注意到公車從他家這個站牌離開。

他的身體好像開啟了自動導航，刷了卡，走下公車。然後他一眼就看到熟悉的身影靠在電線桿旁。

沈知陽差點歡呼出聲。他跌跌撞撞地向前跑去，在來到夏以風面前時一個踉蹌，一頭摔進夏以風的懷裡。

夏以風的手臂溫柔地接住了他。

「怎麼了，怎麼了？好好走路啊。」夏以風的聲音從頭頂上傳來。

沈知陽甚至沒打算克制自己的情緒。

「我……我只是看到你，太開心了。」他顫抖地開口，抓緊夏以風的外套。「你昨天晚上怎麼都沒接我電話？我打了好多次……」

夏以風輕柔地撫摸他的頭髮。

「對不起，我睡著了。這幾天真的太累……」他低下頭，仔細打量沈知陽的面孔。「哎唷，怎麼哭了？」

「沒有。」沈知陽轉開臉。「我只是作了惡夢。」

他好想夏以風。只不過一個晚上沒有講到電話，他就好想他。

他聽見夏以風嘆了一口氣。「是我不好。我應該要事先跟你說的。」

夏以風把手臂收緊，讓沈知陽靠在他的肩上。

「我答應你，我不會再這樣了，好嗎？不要哭了。」

「好。」

沈知陽向後退開了一點，用手背抹去臉上的眼淚。夏以風牽起他的手。

「快紅燈了。我們用跑的嗎？」夏以風問。

「好。」

沈知陽知道有許多人用好奇的目光打量著他們緊緊握住的手，也有一些人的表情並不是那麼友善。但是沈知陽一點都不在乎。

沈知陽的眼前是一片陡峭的山壁。他不知道自己為什麼在這裡，但他也不記得自己剛才究竟在哪裡。

他被困在狹窄的夾縫間，他伸出手碰觸身邊高聳的山壁，觸感冰冷而堅硬。

他得離開這裡。他不知道這股衝動是從哪裡來的，但是他必須離開這裡。但是光滑的山壁沒有任何可供他落腳的地方。

沈知陽回過身，想尋找其他出路。

他的身後是一片光禿貧瘠的土地，地形崎嶇，有著乾枯變形的樹幹，顏色焦黑，看起來就像是被火焚燒過。

有一團黑影從其中一塊岩石後方閃現。沈知陽感覺渾身的毛髮都豎立起來。他緊盯著前方的動靜，小心提防任何東西的偷襲。

然後一張猙獰的面孔，就像憑空出現一樣，浮現在他面前。那張臉既不像人，卻又有著人類的面部結構，顏色灰暗，雙眼只是兩個凹洞，裡頭有著不符合眼眶尺寸的細小眼珠。從它的眼窩裡，沈知陽可以看見小小的蟲子爬出來。尖銳的牙齒裸露在它裂開的嘴唇之間，伸出細長的舌頭，就像在試探般，逐漸靠近沈知陽的臉。

沈知陽的心臟劇烈跳動，呼吸卻被梗在喉頭。他向後退卻，背部撞上冰冷的岩壁。

「……陽，你到底是怎麼了？」

沈知陽眨了眨眼，回過神來，錯愕地看向張彥宸。

「什、什麼？」沈知陽的喉嚨緊繃，聲音沙啞。

「你在幹嘛啊？我看你在這邊站了老半天。」

張彥宸的雙臂在胸前交抱，懷疑地打量著他。梁芷含站在他身後，臉上寫滿了擔憂。

沈知陽四下張望了一下，發現他自己正站在樓梯間，背靠著兩面牆壁的夾角。

剛才那是怎麼一回事？他看到的詭異景色究竟是什麼？

沈知陽嚥了一口口水，搖搖頭。

「我不知道。」他老實說。「我可能……有點放空了。」

張彥宸嗤之以鼻。

「是啊，我看不只是『有一點』吧。」他說。「你最近是怎麼了？感覺你很常醒著夢遊耶。你該不會在嗑藥吧？」

先不論「醒著夢遊」這幾個字就某方面來說是一種悖論，沈知陽不得不承認，張彥宸說得沒錯。

這幾天，沈知陽已經好幾次發現他時常一個不注意，半堂課的時間就過去了。夏以風不會特別問他什麼，只會不著痕跡地把課本推到他面前，提示他現在上到哪裡。

他以為是自己上課不小心打了瞌睡，但是有幾次，在他一個人從廁所走回教室的路上，他會一個失神，然後赫然發現自己站在走廊的窗邊、把頭探出窗外，或是開著洗手臺的水龍頭，任水一直流，但他卻不知道自己一開始為什麼要靠近洗手臺。

不過，剛才那種看見幻覺的狀態，卻是第一次。

「我才沒有。」沈知陽回答。

他悶頭爬上樓梯，略過張彥宸和梁芷含。

「沈知陽！你什麼態度啊！」張彥宸在他身後喊道。

自從那個吃人的惡夢後，沈知陽就很難直視張彥宸的面孔。每次看著他，沈知陽總會回想起夢裡的那張臉。和真正的張彥宸重疊，只是被血染紅，被恐懼所扭曲。

沈知陽會傷害到自己的朋友，他很確定。

剛才的幻象再度出現在沈知陽的腦海中。最後靠近他的那個非人生物……難道是張彥宸嗎？

這到底是什麼意思？

沈知陽一邊往教室的方向走去，一邊緊盯著自己的雙手。

他摸到的岩壁是樓梯間的牆。在那幾秒鐘、或者幾分鐘的時間裡，一切都是真的，只有他的視覺是假的。如果剛才他試著打跑那隻怪物……那會變成什麼樣子？

他會傷害到真正的張彥宸嗎？

一陣寒顫沿著沈知陽的脊椎向下竄，他不願再去思考這背後的可能性。他忍不住加快腳步，往教室的方向跑去。

夏以風就坐在他的位置上看書。當沈知陽回到座位上時，夏以風對他露出笑容。但在他注意到沈知陽的表情後，那抹笑容便逐漸被關心所取代。

「怎麼啦？為什麼看起來那麼奇怪？」夏以風對他伸出手。

夏以風在班上也毫不掩飾他對沈知陽的好感。沈知陽感覺到其他人的視線往他們這邊投來，他也覺得那些隱隱的訕笑聲並不是他想像出來的。但夏以風似乎渾然不覺，而沈知陽決定忽略他們。

他接過夏以風的手，坐回椅子上，把額頭靠在夏以風的肩頭。

「沒事。」

確實，靠在夏以風身邊，他就覺得好像什麼都沒事了。他不知道要怎麼和夏以風解釋剛才的小插曲，所以他只是悄悄地深呼吸，把夏以風的氣味吸進鼻腔裡。

夏以風笑了出來，伸手摸摸他的頭髮。

「你最近變得很愛撒嬌喔。」他低聲說。「被別人看到不尷尬啊？」

「尷尬啊。」沈知陽喃喃回應。「但是我可以假裝不知道。」

「好，好。就讓你撒嬌。」夏以風說。

他的一隻手仍然牽著沈知陽，不過他的視線又回到了原本的書上。上課鐘響時，沈知陽才抬起頭，在座位上坐好。他感覺到從後方投來的視線，偏過頭，就發現張彥宸正微微皺著眉，目不轉睛地看著他。

罪惡感在沈知陽心中翻騰。他知道他的朋友被他的行為搞得很困惑，也擔心他，可是他能怎麼辦呢？他自己都還沒有辦法真正理解這一切。

一整天，沈知陽都有些昏昏沉沉。或許張彥宸說得沒錯，他是真的在夢遊。時間的流逝變得很不真實，他只是機械式地跟著翻開課本、寫筆記，但是好像什麼都沒有聽進去。

「你今天想要留晚自習嗎？」放學時，夏以風問。「如果你想回家，我可以先送你回去。」

沈知陽搖搖頭。

要他現在回到房間裡坐著，一個人面對狹窄的空間和那其中所隱含的惡夢，他寧可待在教室裡，就算什麼都不做，至少夏以風會在身邊。

「知陽，以風。你們要去買晚餐了嗎？」

沈知陽一回頭，看見張彥宸和梁芷含站在他們後方的走道上。張彥宸的視線落在沈知陽的臉上，挑起眉。

「沈知陽，你要不要先回家啊？」他伸手指了指沈知陽的臉。「你看起來快要死掉了。」

就某方面來說，沈知陽確實覺得自己快死了，但他知道張彥宸指的不是那個。

他搖搖頭，勉強露出笑容。

「我等一下睡一下就好了。」

「你確定？」張彥宸說。「你不要等一下又從樓梯上摔下去喔。」

沈知陽的心臟一揪。他點了點頭，正想要說些什麼，卻被夏以風搶先一步。

「幹嘛一定要往別人的痛處上踩啊？」夏以風邊說邊站起身。

沈知陽不確定自己有沒有聽錯。

「什麼？」張彥宸皺起眉。「你在說我嗎？」

夏以風聳聳肩，把椅子靠上。

「對啊。」

「你吃錯藥啦，以風？」張彥宸說。

「沒有啊。我只是不喜歡你一直拿知陽的創傷來開玩笑。」夏以風平靜地回答。「一點都不好笑。」

張彥宸張口結舌地看著他，好像沒聽懂夏以風在說什麼。

夏以風只是把手插在口袋裡，直視著張彥宸。

沈知陽跟著站了起來。夏以風的發言出乎他的意料，讓他有點不知所措。夏以風是在捍衛他嗎？

但是張彥宸沒有惡意，從沈知陽認識他到現在，他一直都是最口無遮攔的那一個，一開始也許會讓人有點衝擊，可是時間一長，也就習慣了。

尷尬的氣氛在他們之間蔓延開來。

「沒事，我沒覺得怎麼樣啊。」沈知陽對張彥宸露出抱歉的微笑，一邊拉過夏以風的手。「走吧，以風。」

他們走出教室時，張彥宸和梁芷含就走在他們後方，沈知陽很想回頭對他們說點什麼，也許對張彥宸表達歉意，不過夏以風看起來神色自若的樣子，又讓沈知陽覺得難以開口。夏以風也是為了他才會那麼說；他如果代替夏以風道歉，不就是在打夏以風的臉嗎？

幸好在前往便當店的路上，他們又不知不覺地恢復了原本的狀態。夏以風若無其事地問張彥宸要吃什麼口味，張彥宸也理所當然地回答了他，然後就這樣，他們四個人又打成一片了。

回到教室後，他們像往常一樣圍繞著張彥宸和梁芷含的桌子坐下，一起吃飯。

沈知陽相信不只有他這樣想，少了江明宇和許文琴，他們的桌子突然變得好空曠。以前吃飯時總會有許多膝蓋撞在一起，吵吵鬧鬧的對話聲也總是被班上同學側目。

但是現在，沒有許文琴和她一起分享漫畫連載的心得，梁芷含的話就少了好多。大多時候，她都只是靜靜待在張彥宸身邊，存在感幾乎徹底消失。

沈知陽夾起一塊烤肉放進嘴裡。今天老闆下手好像重了一點，沈知陽的手停了下來，眉頭微微皺起。肉的味道比平常習慣的鹹了許多。

他低下頭，用筷子翻動便當盒裡的食物。

就連肉片的樣子也和平常看起來不太一樣；肉片的大小不一，有些地方似乎還帶著一層薄薄的皮。他挑起其中一片，立刻就有一小塊碎肉掉了下來。

沈知陽夾起那一小塊肉，湊到鼻尖前聞了聞。除了醬汁的氣味之外，好像還有一股奇怪的味道，牽動他腦中深處的記憶，但他一時無法指明。

他把肉塊放進嘴裡。一股強烈的腐臭味在他嘴裡擴散開來。

沈知陽立刻作嘔。

「以風，你的便當——」

他轉過頭，想看看夏以風有沒有吃到和他一樣變質的食物。

但是放眼望去，沈知陽四周的教室不見了。他眨了眨眼，心跳一瞬間在他的耳朵裡放大。

他只看見一片荒蕪的景象，就像大火燒過後的平原，表層炭化的樹木和岩石扭曲成奇異的形狀，四處散落。

又來了，又是這種怪事。

這是哪裡？他是怎麼到這裡來的？

他再度看向眼前的便當，但是那裡根本就沒有什麼便當。現在在他大腿上的東西，只是一團還滴著血的生肉。

沈知陽跌跌撞撞地揮掉那團肉塊，站起身，差點被身後的岩石絆倒。他勉強保持平衡，回過身。

「以風？」他出聲說道。「彥宸？你們在哪裡？」

剛才他們都還在這裡的，他們還用同一張桌子吃飯。

沈知陽慌亂地邁開步伐，但他甚至不知道自己要去哪裡。現在他還有哪裡可以去？

一個黑影快速掠過他的頭頂，沈知陽下意識地抬起雙手遮住頭頂。這附近太空曠了。他需要找個地方躲起來，以免被不知名的東西抓住。

他可以感覺到有什麼在監視著他，那種無所遁形的絕望感將他整個人包圍住。

「以風？」他又說了一次，但是他的聲音聽在耳裡，帶著一絲尖銳的邊緣，就像某種鳥類的叫聲。

他繞過一顆從地上突出的怪石，然後瞬間頓住腳步。

在岩石根部的陰影中，趴伏著一團巨大的黑色東西。但是沈知陽無法看出它確切的輪廓。他連它的首尾要怎麼區分都不知道。

但是接著，從那團黑影中，睜開了兩顆金黃色的眼睛。

那雙在夢裡總是盯著他的眼睛，現在正直直地看著他。

沈知陽屏住呼吸。

快逃。

沈知陽的內心有個聲音在尖叫。

他不知道為什麼，但他知道這個東西會殺了他。

沈知陽向後退了一步。黑影從地上撐起，模糊的輪廓下方似乎有著四肢，朝他的方向前進。

「不要過來。」沈知陽低聲說。

黑影繼續往沈知陽的方向逼近。沈知陽的身體無法克制地顫抖起來。

他再向後退了一步，他的腳跟踢到後方的一塊碎石，差點就要摔倒。

那團黑影的動作變得快速，一瞬間，它和沈知陽的距離就被縮短，幾乎直接逼到沈知陽的面前。

一張大嘴在他眼前張開——或者至少，沈知陽認為那是嘴。但他看到的只是一個深不見底的黑洞，正要往他的頭上壓下來。

「不要！」沈知陽大叫。

這東西會吃了他。他必須反抗。

他伸出雙手，想抓住黑影上那兩顆金黃色的眼珠。怪物發出一聲嘶吼，但聲音就像直接在他的大腦中響起。沈知陽頭痛得跪倒在地，感覺連地面都在搖晃。

吃力地往前爬去，用盡渾身最後一點力氣，把自己投向那團黑影。

他不會讓這東西吞噬他，至少不是在他毫無反抗的狀況下。

沈知陽的手指戳進那團黑影中，但觸感和他想像的不太一樣；那東西不像霧氣或影子，而是一個柔軟、有實體的——生物。溫熱、富有彈性，一起一伏，彷彿在他的手下呼吸。

沈知陽的手指撕扯著那個黑色的物體，儘管他覺得自己隨時都有可能會倒下。

然後呢？在那之後會怎麼樣？

那東西抵抗著沈知陽的攻擊，淒厲的咆哮聲一次次轟炸他的大腦，沈知陽不知道他還能支撐多久。

一股外力把沈知陽往後扯開，力道大得讓他一陣踉蹌。

他倒抽一口氣，回過頭，明亮的光線使他的雙眼刺痛。他的雙腿一軟，差點跪倒在地。

「沈知陽！你瘋了是不是！」

張彥宸發自丹田的吼聲在他耳邊炸響，強而有力的雙手用力搖晃著他。

沈知陽痛苦地撐開眼皮，看見張彥宸猙獰的面孔。

什麼？

張彥宸的雙手緊緊掐住他的肩胛骨，痛得他哀嚎出聲。張彥宸把他往一旁的空座位上推去，但與其說是推，沈知陽更覺得他是被甩出去的。他撞上桌角，差點把書桌撞翻，他聽見梁芷含驚恐地大叫出聲。

沈知陽喘著氣，勉強望向四周。

他現在又回到教室裡了。教室裡還有幾個其他學生在吃晚餐，正目瞪口呆地望著他的方向。

「你到底有什麼病，沈知陽？」張彥宸還在對他大吼。「你幹嘛打人？」

沈知陽的視線緩緩回到張彥宸身上。他在說什麼？剛才他在那個詭異的空間裡，攻擊他的東西——被他攻擊的東西——是張彥宸嗎？

今天在樓梯間的小插曲，從他腦中閃過。他以為是怪物的東西，其實並不是。

「對不起，我不是……你……」沈知陽瑟縮了一下。他的腦子依然一片混亂，他沒辦法立刻構築出完整的句子。「你有受傷嗎？」

張彥宸氣急敗壞地大吼一聲。「不是我！是他！」

沈知陽有點遲鈍地順著張彥宸手指的方向看去。

夏以風正捂著臉躺在課桌之間的走道上，地上有一個打翻的紙便當盒，飯菜灑了一地。

沈知陽的大腦一熱。

不。

他做了什麼？

沈知陽從椅子上跳了起來，但他的雙腿還沒有完全恢復力氣，他被椅腳絆倒，膝蓋重重撞上磨石地板。他連滾帶爬地往夏以風的方向前進。

「以風，以風。」他抓住夏以風的腿，但是他的手顫抖得使不上力。「你有沒有怎樣？我不是——」

他不是故意的，可是這種話他要怎麼說出口？

夏以風發出一聲含糊的哼聲，動彈了一下。沈知陽推開一旁的椅子，爬到夏以風的面孔旁。

夏以風的手依然遮著自己的臉，在沈知陽的注視下，他緩緩地將手掌挪開。

「好痛。」夏以風咕噥道。「要命。」

看見夏以風的臉時，沈知陽的心臟在胸腔裡用力一跳。

夏以風的左眼下方有三道長長的血痕，沿著他的臉頰向下顎延伸，一滴滴飽滿的血珠正從傷口中冒出。他的右半臉有幾條淺而短的傷口，分散在他的顴骨上。

現在他可以看見自己的指尖上染了鮮血。是夏以風的血。

沈知陽的眼眶一熱，他甚至沒打算憋住眼淚。他發顫的手指抓著夏以風的肩膀，淚水一滴滴落在旁邊的地磚上。

「對不起、對不起、對不起……」

他以為他傷害的是張彥宸，但是實際上，他卻傷到了夏以風。那到底是怎麼回事？他到底還能怎麼辦？

恍惚中，沈知陽彷彿又回到了那個惡夢中。染滿雙手的血、破碎的屍體、溫熱的內臟。現在這一切似乎都串起來了。好像有什麼東西一直在試著引導他拼湊這些線索，如果他拒絕正視它的存在，那股力量就會再給他進一步的證明。

也許在江明宇進醫院時，他就應該要想通了。不，不對。或許比許文琴指著他大喊怪物更早，他就該知道了。

那些惡夢，或許根本就不是夢。

如果他連在學校都會突然錯亂，那麼在他睡著的時候呢？在他的意識完全不受他控制的時候，他還會做出什麼事？

不論是什麼東西在他體內，那東西正在傷害無辜的人、在傷害他的朋友——「他」在傷害他的朋友。

沈知陽無法呼吸。他想起夏以風不久之前說的那句話。

也許他去死，就是整件事情唯一的解決方式。沈知陽這輩子從來沒有這麼想死過。

「我認真說，沈知陽，你要不要去廟裡給別人處理一下？」張彥宸的聲音從後面傳來，卻像是來自另一個次元。「收驚還是驅邪還是什麼的，隨便你。但你最近這樣，我已經快要被你嚇死了。」

他身邊的夏以風又動了動。他聽見夏以風吃力地低哼一聲，然後是一隻手臂繞過他的身體。

「你以為他沒有嗎？」

夏以風的話讓沈知陽震驚地回過頭。夏以風坐在他身邊，一隻手攬著他的背，正抬頭面向張彥宸。他的聲音就像是某種動物的低吼。

「你知道他最近過得有多痛苦嗎？你知道為了想辦法解決這些事，他付出多少代價嗎？」血從夏以風的下顎滴落，但是他似乎沒有任何感覺。「你用說的當然輕鬆。但你什麼屁都不知道。」

張彥宸的雙眼大睜，臉色漲紅，好像血管隨時會破裂一樣。

「你到底在說什麼！」張彥宸吼道。「你要不要看看你自己的臉！他剛剛差點要把你的眼睛挖出來耶！」

夏以風吼回去的力道，幾乎和張彥宸一樣大。沈知陽的心跳隨之變得紊亂，讓他的胸口疼痛不已。

「但這不是他能控制的啊！」夏以風把沈知陽抱得更緊。「你認識他比我更久。你自己說。如果有得選，你覺得他會這樣對待我嗎？他會這樣對待任何人嗎？」

張彥宸張大嘴，不可置信地瞪視著夏以風。有好幾秒的時間，整間教室一片死寂，沒有人發出一個聲音。

最後，張彥宸瞇起眼，緩緩搖頭。

「你們兩個都是瘋子。你們都有病。」他說。「我不知道你們想怎樣，但是我警告你們，離我跟梁芷含遠一點。」

夏以風哼笑了一聲。

「我才想跟你說，拜託你放過沈知陽。他已經夠痛苦了。」

他抓著一旁的桌子站起身，一邊吃痛地吸了一口氣。他低頭看向跪坐在地上的沈知陽。

「我要走了。」他說。「你跟我走吧。」

沈知陽的雙腿發麻，但是夏以風並沒有給他機會停留。他的雙手從沈知陽腋下穿過，將他從地上拉起。

「以風……你還在流血。」沈知陽結巴地說。

「我不在乎。」夏以風回答。「我們走。」

夏以風拉著他跌跌撞撞地走回座位邊，把桌上的東西胡亂掃進書包裡，然後把兩人的書包掛在肩上。

這時，沈知陽突然注意到了一件他剛才沒有發現的事。

在他座位附近的地面上，散落著一片片的羽毛。

其他同學看到了嗎？張彥宸看到了嗎？

「以風，等等。」沈知陽艱難地說。

沈知陽想要把那些羽毛收拾起來，他不想要留下自己是怪物的任何證據。但是夏以風把他的手腕抓得很緊，往教室的後門走去。

離開教室時，沈知陽回頭，最後一次看向張彥宸。張彥宸依然站在桌邊，臉上的表情憤怒、困惑與震驚交雜在一起。他的心臟微微一絞。他知道從此以後，張彥宸再也不會是他的朋友了。

✳

「對不起，可能會很痛喔。」

沈知陽小心翼翼地撕開包裝，將紙巾拿出來，然後打開生理食鹽水的蓋子。夏以風深吸一口氣，閉上眼睛。

「我準備好了。」

當沈知陽把生理食鹽水倒到他的傷口上時，夏以風整個人從圓凳上彈了起來。

「靠，超痛！」

「對不起。」

沈知陽瑟縮了一下。夏以風低吼一聲，搖搖頭。

「沒關係。來吧。」他咬緊牙關。

沈知陽的手指顫抖著，再度用紙巾貼在夏以風的臉頰下緣。清洗傷口的動作繼續，夏以風細小的哀嚎聲就像一根根針扎進他的心裡。

他們正坐在便利商店落地窗邊的用餐區，狹長的桌面上擺了一堆藥局買的包紮用品。沈知陽覺得夏以風應該要去醫院急診室處理傷口，但是夏以風拒絕。沈知陽突然可以理解，先前為什麼夏以風會因為他不願去醫院而生氣。

但夏以風給他的理由是：「你說你去醫院會不舒服。我怎麼會要你陪我去？」

沈知陽實在無法反駁。

於是他們去藥局買了許多簡易包紮和消毒的材料，然後到距離學校有一段距離的便利商店裡坐著。在這裡，他們就不用擔心被人看見，或引起其他學生不必要的關注。

不過，夏以風臉上的傷口確實大得很引人注目。在他們走進店裡時，站在櫃檯的店員看起來隨時準備報警的樣子。

「不小心摔車了。」夏以風對店員解釋道。「摔腳踏車。」

店員看起來半信半疑，但是沒有再對他們多說什麼。

夏以風仰著臉，讓沈知陽幫他把左臉的三條大傷口清洗完畢，又用新買的紗布一點一點擦乾。夏以風在他的動作下一次次畏縮，讓沈知陽恨不得把他的疼痛感全部轉移到自己身上。

沈知陽把大片的人工皮小心覆蓋在傷口上，然後再用紗布蓋住。

「你爸媽看到不會說什麼嗎？」沈知陽說。「這看起來……」

「他們喔，才懶得管我啦。」夏以風擺擺手。「大概只會覺得我又去哪裡跟人打架了吧。」

沈知陽咬住嘴唇，嚥下一口口水。

「對不起。」沈知陽垂下視線，看著手上捏著的剩餘紗布。「我知道說這個沒什麼用，但是我真的……如果我……」

如果他真的對夏以風造成無法挽回的傷害，沈知陽不知道自己會怎麼樣。不，這不是事實。他知道他會怎麼樣。

他會讓自己和身上的怪物一起消失。

「嘿，嘿。」

夏以風的手落在他的手上，捏了捏他的手指。

「知陽，你看著我。」

沈知陽抬起視線，但是他眼皮一眨，淚水就滾了出來。他用另一隻手擦掉；他真的在夏以風面前哭得太多了。除了哭和帶來傷害之外，他卻什麼都做不了。

他從來沒有這麼絕望過。

「你不要哭。我不想看到你哭。」夏以風頓了頓。「這樣會讓我很難過。好像是我沒有保護好你。」

沈知陽吸著鼻子，點點頭，又搖搖頭。

「彥宸沒說錯。」他輕聲說。「我不正常。我是個瘋子。」

他身上有一隻怪物，而他連去找人驅邪都辦不到。

聽見他這麼說，夏以風不耐煩地嘖了一聲，靠向他的臉。

「不准你說這種話。誰說你一定得是正常人？」

透過眼前的淚水，沈知陽瞪視著他。夏以風究竟想說什麼？

沈知陽勉強擠出一個微笑。「我懷疑你在罵我，但我沒有證據。」

「我沒有。」夏以風說。他的雙眼直直迎接沈知陽的目光，沒有動搖。「就算你是怪物，也是像天使一樣的怪物。我還是會喜歡你。」

沈知陽突然覺得便利商店裡的氣溫變得很高。這句話來得太沒頭沒尾了，幾乎有種詭異的感覺。

「你在開玩笑嗎？」沈知陽說。「這不好笑……」

「我才不會拿這種事情開玩笑。」夏以風說。「我是真的喜歡你。」

沈知陽呆滯地看著他，有幾秒鐘不知道自己該做何反應。

喜歡？夏以風究竟喜歡他什麼？

「你是不是忘了剛才發生什麼事？」沈知陽舉起手中的紗布。「你是喜歡被打嗎？」

夏以風露出一個淺淺的微笑。

「可能吧。」他說。「可能我就喜歡有點瘋的那種。」

「你是不是M啊？」

沈知陽忍不住哼笑出聲。

夏以風把他的手抬起來，貼在嘴邊。「如果S是你的話，我就不介意喔。」

夏以風嘴唇的觸感在指節上無比清晰，而看著夏以風的眼神，一股熱流突然往沈知陽的身體下方竄去。他不自在地在圓凳上調整坐姿，將雙腿交疊。

「你還沒有回答我。」夏以風的嘴唇像是在親吻他的手指，一點一點地移動，從食指移向中指。

「什……什麼？」

「我說我喜歡你。」夏以風低聲說。「那你喜歡我嗎？」

沈知陽沒辦法繼續和他對視。

他喜歡夏以風嗎？

沈知陽發現，他甚至不需要思考。當他無法一天不和夏以風講電話，當他每天下公車後的第一件事就是尋找夏以風的身影時，他就已經知道這個問題的答案了。

或許有點太簡單了。但是喜歡這種事，不就是再簡單不過的感覺嗎？

「喜歡。」沈知陽的聲音輕得像是耳語。

夏以風嘴角的笑容擴大了。

第七章

才剛轉上教室所在的那條走廊，沈知陽就注意到了不對勁的地方。

不是因為走廊的盡頭被陰影籠罩，也不是因為頭頂上方的燈泡又以不正常的方式開始閃爍。現在是早自習鐘響之前最後的自由時間，教室外的走廊上聚集著許多學生，各種對話與笑聲不絕於耳。乍看之下，高二的班級就像平常一樣。

但是沈知陽一眼就看見，在他的那間教室外頭，放著一套課桌椅。

那幾乎就像是一種心電感應，是他與他自己的物品特有的連結。沈知陽的肚子一沉。

「是怎樣？」夏以風在他身邊說。「那是什麼？」

夏以風的手緊緊牽著他。儘管走廊上的學生對他們投來好奇的目光，有些人是質疑或嘲諷，但是夏以風似乎打定主意，要讓所有人都看見他們在一起的事實。

「我不知道。」沈知陽撒謊。

「靠。」夏以風低聲說。

聽著夏以風的口氣，沈知陽就知道，等一下到班上，又有一場衝突要降臨了。

沈知陽悄悄看向夏以風的側臉；他的左臉上依然貼著一層薄紗布，但是右臉上的傷疤已經結痂，現在看起來只是幾道劃痕。

這幾天以來，只要看見夏以風受傷的模樣，沈知陽就會感到腸胃一陣緊縮，不過夏以風本人好像一點也不介意。

兩人來到隔壁班教室的前門，沈知陽終於可以清楚看見他自己的桌椅。

他的椅子歪斜地靠在桌邊，桌子抽屜裡的東西散落在地上，課本、衛生紙和筆記本亂七八糟地堆在牆邊，或許是被路過的其他學生推開的。

不管是誰把他的桌椅丟出來的，至少他們還好好地讓桌椅立在地面上。

沈知陽咬著嘴唇，準備上前收拾自己的物品。

但是夏以風將一隻手擋在他身前，阻止他的動作。

「你不要動。」夏以風說。「在這裡等著。」

沈知陽來回打量著他的面孔。

「你要幹嘛？」

夏以風沒有回應他。他只是將沈知陽留在教室的後門，然後大步走了進去。

「是誰把沈知陽的東西丟出去的？」夏以風問。

教室裡本來嘈雜的聲響安靜了下來。沒有任何人回應。

沈知陽看著教室裡的其他同學。有些人探頭往他的方向望過來，但是在接觸到他的目光時，立刻像被電到一般轉過頭去。

沈知陽艱難地吞嚥了一口口水。才過去幾天而已？他現在居然覺得，他已經不認識這個班級了。

「我再問一次。」夏以風平靜地說。「是誰把沈知陽的東西丟出去的？」

只有傻子才會回答他，但是夏以風似乎也不需要真正得到對方的回答。他的視線掃過一排排的座位，像在一一檢視每個人的表情。最後，他的目光落在教室前排的其中一個男生身上。

「是你吧？」夏以風說。

儘管沒有立刻回答，但男孩的臉色就已經道盡千言萬語。他的下顎動了動，然後對夏以風翻了個白眼。

「是……是又怎麼樣？」他說。「像他那種怪胎，被搬出去也是剛好而已。」

聽見怪胎兩個字，沈知陽反射性地瑟縮了一下。他已經很久沒有聽到這個詞了，大概在小學畢業後就沒有了。

他的金髮和淺色眼睛，在小時候，就時常被人貼上怪胎或外國人的標籤；人們總是對和他們不一樣的東西抱有懷疑和恐懼，他可以理解。只是這次，就連他自己都感到害怕。

「有病就去看醫生，中邪就去找人驅邪啦。」另一個女生在旁邊說。「不要在我們班上作亂。好噁心。」

我們班上。好像沈知陽不屬於「他們」，不屬於這個班級似的。

沈知陽的視線落在教室後方角落，張彥宸和梁芷含正坐在那裡。張彥宸的臉色鐵青，一句話也沒說，梁芷含則悲傷地望著沈知陽，眼眶泛紅。

其實在今天以前，沈知陽就知道，那天一起留下來晚自習的人們，有好幾個都看見了他的樣子。他們的說法可不算低調。

——沈知陽的身上長出羽毛了。連臉上都有。

——幹，我說的就是真的啊。

——真的啦，你看這個。你看過這麼長的羽毛嗎？我從他座位那邊撿到的啊。

他們說他差點把夏以風的眼睛挖掉，還去找張彥宸求證這些事。張彥宸只是把他們都轟走，叫他們滾遠一點，沈知陽感謝他最後的維護，但是他的避而不談，反而成為了另類的肯定。

幾天下來，「沈知陽中邪」的事就在班上越傳越誇張，但沈知陽不得不承認，人類聯想與穿鑿附會的能力，真的強得驚人。

許文琴的轉學和江明宇的受傷昏迷，現在他們都認定是沈知陽的錯。就算有些人鐵齒不信邪，他們也抱持著一種看好戲的心態在旁觀這一切。

沈知陽站在教室外，突然覺得，這一切好像都是發生在別人身上的事。現在他只是一個旁觀者。

他甚至不能算是個人。是嗎？

「你出來。」夏以風像是沒聽到一樣，對著那個男孩說。「不要讓我說第二遍。」

在那男孩四周的人都沉默了，轉頭看向夏以風針對的主角。

男孩的喉結明顯地上下滾動了一下。他站起身時，看起來像慷慨赴義一樣。

沈知陽突然湧起一股無法言喻的恐懼。夏以風想做什麼？

「以風。」沈知陽說。「沒關係，我搬進去就好了。」

聽見他的聲音，夏以風便順勢對沈知陽招手。

「你過來。」

沈知陽猶豫著，心臟怦怦直跳。他拖著腳步來到夏以風身邊。男孩沿著走道走過來，在他們面前兩步遠的地方站定。

「請你道歉。」夏以風說。

男孩的下顎向前挺出。「我為什麼要道歉？他才是該道歉的那個吧。」他的臉頰微微漲紅。「江明宇受傷的時候，也只有你在場，夏以風，該不會你也有關——」

夏以風的表情依然保持平靜。他只是抬起一隻腳，接著傳來一聲令人毛骨悚然的「喀」的脆響。下一秒，男孩便抱著左腳的膝蓋倒了下去。

沈知陽震驚地看著男孩在地上嚎叫。

「以風！」

「說這種話，是想挨打嗎？」夏以風溫和地說。「請你道歉。」

男孩的臉頰上爬滿眼淚，驚慌地看向夏以風，雙眼瞪得老大。

夏以風往前走了一步。

「不會說話了？」他說。「剛剛明明話還很多啊？」

「對、對不起……對不起……」

男孩的聲音帶著難聽的鼻音，連滾帶爬地往後退去，試著與夏以風拉開距離。

除了男孩的啜泣聲之外，班上一片死寂，沒有人出聲，連一絲絲的呼吸聲都聽不見。

「來吧，知陽。」夏以風轉過頭，拉起沈知陽的手。「我們把你的桌子搬回來。」

沈知陽蹲在地上撿拾自己的物品，手腳顫抖得有點不聽使喚。他回頭瞥了夏以風一眼。

夏以風背對著他，也在幫他收拾地上的書本和考卷。他的動作泰然自若，好像剛才的暴力和威脅沒有發生過。

夏以風是為了他出頭，他應該要心存感謝才對。但是看夏以風眼睛眨也不眨地將同學踢倒在地，沈知陽還是有點害怕。

話說回來，他有什麼資格指責別人使用暴力？這一切的根源，不就是他自己的暴力造成的嗎？

幾分鐘之後，他的課桌椅就回到了原本的位置。夏以風就像沒事一樣坐回座位上，拿出自己的作業簿。沈知陽看著他手中的筆一圈圈地打轉，盡可能不去注意其他人的存在，但是他依然可以感覺到同學們的視線往他們的方向投來。

他和夏以風的座位就像是汪洋中的一座孤島，只有他們相依為命。

沈知陽咬著吸管，用眼角餘光偷看坐在他身邊的夏以風。夏以風的桌面上攤著幾本參考書，但是他此刻正滑著手機，看起來有點懶洋洋的。

他們所在的咖啡廳裡，聚集了許多在唸書的學生，幾乎每個人都戴著耳機，阻隔咖啡廳裡播放的過度輕柔的純音樂。咖啡的香氣瀰漫在空氣中，理應是讓人放鬆的氣氛，但是沈知陽的心情卻和放鬆一點關係都沒有。

他注意到沈知陽的視線，便放下手機，一手搭上沈知陽的膝蓋。

「怎麼啦？」

沈知陽搖搖頭。

「我只是覺得……對不起。」

夏以風嘆了一口氣，把手機放下。他傾身向前，靠向沈知陽的臉。

「為什麼又道歉？」

「學校的事，讓你和同學之間也變得很尷尬。」沈知陽說。「你知道，其實你真的不用幫我幫成這樣的。」

「我不在乎他們。」夏以風說。「我在乎的只有你而已。」

沈知陽的臉頰微微發燙。在夏以風踢了同學的膝蓋之後，再也沒有人對沈知陽做出任何過度激烈的事，他們只是徹底地無視他。

沈知陽從來沒有體驗過這種被人當成空氣的感覺；以往他遭受的「特殊待遇」，都與此恰恰相反，他會得到好奇或懷疑的注視、成為周遭人們之間關注的焦點。

而和沈知陽站在一起的夏以風，自然也成為大家一起忽略的目標。不過沈知陽知道，他們是忌憚他。沒有人想要成為第二個倒在地上哀嚎的傢伙。沈知陽其實並不介意被人忽視，就某方面來說，這讓他反而鬆了一口氣，只是有時候，他還是會感到一股小小的悲哀。

最讓他難過的，是張彥宸和梁芷含。沈知陽本來還抱持著一點希望，期待他們在事情冷卻下來之後，會再度和他成為朋友，但是幾天過去後，沈知陽也知道這個希望破滅了。

張彥宸現在有了一個新的群體，是意外發生那天也有留下晚自習的同學。

沈知陽可以聽見他們的討論，知道他們看見沈知陽的外表有幾秒鐘的轉變。他身上和臉上的羽毛、他發狂攻擊夏以風的樣子，對那些同學來說是某種無法理解的狀態。所以他們想要從張彥宸身上得到更多證明，想知道沈知陽平常究竟是什麼樣子。

沈知陽不確定張彥宸有沒有看見他非人類的模樣，但是話說回來，他現在什麼都無法確定。

梁芷含有時候還是會用哀傷的眼神看著他，不過因為張彥宸的關係，沈知陽決定也和梁芷含保持距離。張彥宸說得對，他不知道自己什麼時候會再抓狂，他不想再因此傷害任何一個朋友。

而夏以風呢？他有看見自己不正常的樣子嗎？

沈知陽不敢開口問這個問題。他不想知道答案。

沒有了張彥宸和梁芷含，現在，在學校留晚自習已經失去了原本的意義。夏以風提議，他們可以去找咖啡廳唸書。所以這幾天，放學後，他們就在不限時的咖啡廳裡一起唸書。對沈知陽而言，不管去哪裡，只要在夏以風身邊，都比回家要好多了。

夏以風垂下視線，若有所思。

「你之前告訴過我，沒有和我講電話，你就會作惡夢。」夏以風說。「但是你從來沒有告訴過我，你的惡夢都是什麼樣的。」

沈知陽沒有辦法回答他。他要怎麼啟齒？夏以風不知道的事情太多了，而沈知陽甚至不知道自己該從哪裡開始解釋。

「你可以告訴我。」夏以風微微一笑，指了指自己的臉頰。他的包紮已經拆了，現在他的左臉上只有淺淺的疤痕。「我是說，在這之後，應該沒有什麼是我不能承受的了吧？」

罪惡感刺得沈知陽一陣瑟縮。

是，他傷害過夏以風。他是欠夏以風一個解釋。

沈知陽深吸一口氣。

「你知道，最近那些被稱作『臺版開膛手』的命案。」

光是提起這件事，就足以讓沈知陽渾身發抖。夏以風攬住他的肩膀，安撫地輕拍他的手臂。沈知陽咬了咬嘴唇，又繼續說下去。

「我作的惡夢……都和那些命案有關。」

現在想來，那些吃人肉的幻覺，也許根本就不是幻覺。如果他身上的妖怪，在他睡著後，帶著他的身體去做了那些恐怖的事，他又能怎麼辦？去警局自首，說自己被妖怪附身，才吃了那些人的內臟嗎？

「你只是被那些新聞嚇到了。」夏以風輕聲說。「你看到太衝擊的照片，所以潛意識在半夜作祟而已。」

沈知陽用力搖搖頭。

「我還沒說完。在夢裡……我都會夢到自己在吃那些人的肉。」沈知陽艱難地嚥了一口口水。「早上如果我被嚇醒，我就會跑去廁所吐。所以我之前才要吃安眠藥；我想要讓自己睡熟一點，這樣也許就不會再作那些夢。只是……」

沈知陽慘澹地笑了起來。

「嗯，你也知道，沒什麼用。」他說。「是在你開始打給我之後，我才可以好好睡覺。」

他本來以為，不只是好好睡覺而已，好像有夏以風在身邊，他就不會感到害怕或陷入混亂。但是最近的他，卻又會不時看見詭異的場景。是從什麼時候開始的？

沈知陽已經找不出其中的規律了。

夏以風點點頭，沒有開口，好像知道他其實還有話沒說完似的。

沈知陽感覺自己的眼眶開始發燙。

「只是最近……我有時候會看到奇怪的東西。我會好像進到另一個空間一樣，學校、同學，全部都消失不見。」沈知陽的聲音變得越來越小。「然後，我會在那裡看見別的東西。別的生物。」

夏以風「啊」了一聲，雙眼微微睜大。

「所以那天，你突然攻擊我……」

沈知陽以最細微的動作，輕輕點了一下頭。

「我不知道那是你。」沈知陽低聲說。「聽起來很蠢。但是在我眼中，我看見的是……別的東西。」

夏以風只是眨著眼，靜靜地看著他。沈知陽的心在胸口怦怦直跳。夏以風會被他嚇跑嗎？聽了他這樣的胡言亂語之後，夏以風會怎麼看待他？

他太衝動了。他不該說這麼多的。夏以風已經是他僅剩的朋友，他不能連夏以風都失去。

但夏以風並沒有像他預期的那樣放開他。相反地，他只是把沈知陽攬得更緊，一個輕巧的吻落在沈知陽的顴骨。

「我不確定這種事是怎麼運作的。」夏以風一字一句地慢慢說道。「但是看起來，你最近的狀況又變得有點不太……穩定？」

「嗯，也可以這樣說吧。」

「我先說，這都只是我的猜測而已。」夏以風說。「但我覺得，這是在你第二次跑去行天宮之後才開始的。對吧？」

是嗎？沈知陽不太記得了。但他想，夏以風說得應該沒錯。他遲疑地點了點頭。

「所以有沒有可能，是因為你那天去了行天宮之後，受到了什麼刺激？」夏以風認真地看著他，神情嚴肅，好像他們現在進行的這個對話一點都不詭異。

「刺激？」

「你想想看。如果，只是如果喔，你身上真的有什麼東西好了。那你跑去行天宮，可能就是激怒了它吧。」夏以風說。「那現在，它就是在對你表達抗議？」

儘管聽起來很荒唐，但是不知為何，沈知陽覺得這好像是最合理的解釋了。

「我不知道……我現在還能怎麼辦。」沈知陽說。

他以前總在自己是臺灣人還是外國人之間擺盪，但現在，這已經完全是另一個層次上的事了。如果他身上真的附著一隻妖怪、或是一個惡靈，那他究竟是什麼？

另外，假設這全都是真的……那他是殺人凶手嗎？

這一切實在太混亂，太讓人難以理解和承受了。

沈知陽摀住臉，發出一聲絕望的嘆息。

夏以風輕輕搖晃著他的身子，像在哄嬰兒入睡一樣。

「我覺得，你現在的首要任務，是先讓它穩定下來。」

「我要怎麼做？」沈知陽問。「我沒辦法靠近宮廟，也不可能請人到家裡來處理……」

他並不期待夏以風給他答案，畢竟夏以風對這些事完全沒有概念。但是夏以風好像早就已經想好了解決方法。

「這星期五，你要不要來我家過夜？」夏以風問。

沈知陽放下手，看向他，錯愕地眨眨眼。

「什麼？」

「我知道這聽起來很奇怪，但其實很符合這整件事的邏輯吧。」夏以風微微一笑。「你說你和我講了電話之後，就不會作惡夢。在我身邊，你就不會感到害怕。那是不是代表，雖然我不知道為什麼，但是我可以減少那隻怪物對你的影響？」

沈知陽皺著眉，細細思索。

「可能吧。」

「既然這樣的話，那你不如來我家試試看。我們可以一起實驗這個理論行不行得通。」夏以風說。

「但是……」

這對沈知陽來說，似乎有點太突然了。去夏以風家過夜，這其中包含的東西……沈知陽暫時沒有辦法想清楚。

看見沈知陽的猶豫，夏以風把臉頰靠在他的肩上，語調變得輕柔。

「你就來嘛。」他撅起嘴，搖晃著沈知陽的手臂。「你現在好歹也算是我男友？到男友家過夜，有什麼好猶豫的？」

男友一詞，讓沈知陽渾身一陣酥麻。這是在夏以風的表白後，他第一次用「男友」來稱呼他們的關係。沈知陽得承認，這個詞聽在耳裡，比想像中的令人愉快。

「好吧。」沈知陽說。「這星期五。」

夏以風咧嘴一笑。他把鼻子湊到沈知陽的頸窩，深吸了一口氣。

「你好香喔。你知道嗎？」

✧

沈知陽一手提著一袋換洗衣物，另一手則被夏以風牽在手中。

夏以風在一間公寓的一樓鐵門前停了下來，回頭看了沈知陽一眼，露出微笑。

「緊張嗎？」

說不緊張絕對是騙人的，被夏以風這樣一問，沈知陽更緊張了。他這輩子還沒有交過感情好到會去對方家過夜的朋友，更別提現在要和他一起過夜的人是夏以風。

沈知陽的肚子一陣小小地翻騰，但是是好的那種。他誠實地點點頭。

「不要擔心。你不會撞見我爸媽的。」夏以風湊向他的耳邊，低聲說。「他們這週末跟朋友出去旅行了。這幾天，家裡只會有我跟你。」

「以風！」

一股騷動在沈知陽的下腹擴散開來，沈知陽反射性地向後退開，一手摀住嘴。夏以風惡作劇得逞地大笑起來。

沈知陽跟養母說自己要去夏以風家過夜時，養母的臉上露出了一抹神祕的微笑，讓沈知陽恨不得找個洞躲起來。他保持面無表情，假裝看不懂養母的微笑代表什麼意思，然後逃回自己的房間裡。

星期五上課日當天，沈知陽就帶著過夜要用的東西，放學後直接跟著夏以風回到他家。但是現在站在夏以風的家門口，沈知陽卻開始感到不安。

他在做什麼？就算他和夏以風在一起了，但是……這樣是不是太快了？

夏以風打開公寓的鐵門，樓梯間出現在沈知陽的面前。「歡迎光臨。」夏以風說。

沈知陽嚥了一口口水。他現在已經騎虎難下了。

他跟著夏以風爬上樓梯，來到二樓左手邊的公寓門前。鐵門看起來有些斑駁，夏以風把鑰匙插進鎖孔裡。

前陽臺一片漆黑，夏以風的手在牆上摸索了一下，熟練地打開電燈開關。沈知陽看見整齊排在鞋櫃前的男鞋和女鞋，鞋櫃上堆著搬家紙箱。

「我爸媽做事情有點隨性。」注意到沈知陽的視線，夏以風便解釋道。「我們搬過來之後，他們到現在還沒有拆完箱子。客廳裡也還有。」

夏以風踢掉腳上的鞋，打開分隔陽臺與客廳的玻璃拉門。

看見客廳裡的樣子，沈知陽輕笑。就如同夏以風說的，客廳的角落也還堆著搬家用的大紙箱，客廳裡只有最基本的家具，沙發上空蕩蕩的，只有一顆孤單的抱枕躺在角落。茶几上只有一個空馬克杯，還有電視遙控器。

沈知陽踩在白色的磁磚地上，跟著夏以風往走廊的方向走去。飯廳的餐桌上也空蕩蕩的，和沈知陽家永遠堆滿保健食品的罐子、杯子和零食的餐桌大不相同。

不知為何，沈知陽覺得夏以風的家似乎少了點什麼，使他變得有點小心翼翼，好像這裡沒有那麼歡迎外人進入。

「你們搬來多久啦？」沈知陽好奇地問。

「我是什麼時候轉學過來的？就在那前幾天。」夏以風說，一邊難為情地微笑了一下。「我爸媽又不太下廚，所以家裡東西超少。跟你家很不一樣吧？你家就很有人味。我其實蠻羨慕的。」

「也沒什麼不好啦。」沈知陽安慰道。「我都覺得我媽囤積太多東西了，家裡好擠。」

「不然，下次讓我去你家過夜好啦。」夏以風回過頭，對他眨眨眼。

「呃。」沈知陽的臉一紅。「那我可能要問一下……」

夏以風笑了，一邊推開走廊上第一個房間的門。

電燈打開之後，看見房間裡的樣子，沈知陽剛才的不自在，就立刻灰飛煙滅了。

夏以風的房間，就和他想像中十七歲男孩的房間一樣。和客廳光禿的模樣不同，這個小房間裡充滿了生活的感覺：棉被在床上擠成一團，椅背上的衣服堆得老高，好像椅子隨時都會翻倒。夏以風的書架上放著許多書，歪歪斜斜地堆在一起，牆上還貼著《星際大戰》的海報。

「我房間很亂。」夏以風往一旁站開，讓沈知陽走進房間裡。「但我想說，就不用特別整理了，讓你看看我最自然的樣子？」

「你是說《星際大戰》的部分嗎？」沈知陽挖苦道。「這是你爸媽喜歡的，還是你喜歡的？」

「這個就有點沒禮貌嘍。」夏以風說。「我絕對不會承認，我是從小跟他們一起看正傳三部曲長大的。」

沈知陽心中的某一塊大石放下了。

夏以風把書包放下，讓沈知陽把換洗衣物和書包放在他床邊的地上，然後雙手一攤。

「好啦，現在我們要做什麼？」夏以風說。「先洗澡？還是先吃晚餐？」

後來他們決定要先吃晚餐，於是兩人就去了附近的便利商店，買了一堆麵包和洋芋片，還有各式各樣的茶飲和咖啡。根據夏以風的說法，這樣才有朋友來家裡過夜的感覺，而且「能吃洋芋片取代正餐不是很爽嗎？」。

他們打開電視，隨便轉了一臺娛樂頻道，反正他們也沒有認真在看。因為大部分的時間，沈知陽都是在聽夏以風說他的故事。

他的父母因為工作關係，常常搬家，也常常出國。夏以風跟他說了許多以前去過的地方，還有各種因為轉學的關係而發生的蠢事，像是忘記自己轉學，所以不小心穿了以前的制服去上學之類的。

沈知陽聽得入迷，但是更讓他著迷的是夏以風說話的模樣。在學校，沈知陽似乎沒有見過夏以風這麼活潑的樣子，表情生動，跟著他說的話比手畫腳。就算在所有的事情發生前，當他的朋友圈短暫地變成六個人的時候，夏以風也多半只是有禮和親切。

在一切變調之前……

沈知陽的心一沉。來到夏以風家後，他差點就要忘記那一切了。但是他的意識似乎還不打算放過他。

或許是因為他的表情動搖了，夏以風的話停了下來。

「怎麼了？」他關心地問。

沈知陽嚥了一口口水。「沒有。我只是想到……之前發生的那些事。」

如果警方在調查那些凶案的時候，找到了和他有關的線索，他會被逮捕吧？

他會被當成殺人凶手。不，事實上，他確實就是殺人凶手。如果是這樣，他該怎麼辦？

想到這一點，沈知陽便不禁一陣顫抖。

「不要想了，知陽。」

夏以風伸出手，握住他放在膝蓋上的手指。沈知陽垂下視線，看著他們交握的雙手。他的心臟悄悄開始加速。

「我們說好，這個週末來我這裡，是先讓你身上的東西穩定下來，對吧？」夏以風直直對上他的視線，好像一眼就看穿他腦中的想法。「所以你的任務只有一個。讓自己好過一點。就這樣。」

沈知陽輕輕一點頭。

「不要怕。」夏以風說。「在我這裡，沒有人可以傷害你。」

沈知陽打量著他的雙眼。他可以在夏以風眼裡看見自己的倒影。

「你相信我嗎？」夏以風問。

沈知陽猶豫了一下。

他相信。

夏以風的手來到他的臉頰，輕輕撫過落在一旁的髮絲。儘管才剛剪過頭髮沒多久，他的金髮又已經長到及肩的長度了。

「你好美。」夏以風低聲說。「你知道嗎？」

沈知陽的身體微微顫抖。

「沒有人這樣覺得。」沈知陽撇開視線。「以前有人以為我的頭髮是染的，眼睛是戴變色片。後來他們發現我是天生金髮，又覺得我是外國人、我不屬於這裡。他們只覺得我很奇怪而已。」

「那是因為他們不了解你。」夏以風的嘴角勾起。「如果他們像我一樣認識你，他們就會知道，你就像天使一樣。你願意為了保護別人，讓自己經歷那些痛苦。難道不是嗎？」

是嗎？

沈知陽的腦中閃過他在鏡中看見的自己。那雙大得足以把他自己包覆起來的翅膀，還有金色的眼睛。但他不覺得自己像天使；他只是一隻怪物，一隻長著翅膀、還會吃人的妖怪。

「你真的了解我嗎？」沈知陽試著和他開玩笑。

夏以風一聳肩。

「夠了解了。」

這句話輕得幾乎是耳語。沈知陽看著夏以風的臉逐漸靠向他，直到他在視線裡變得模糊。

接著，一雙嘴唇覆上他的嘴，還帶著咖啡的氣味。

沈知陽震驚地睜大眼睛，卻一時之間不知道該做何反應。夏以風吻了他。他現在該做什麼?他試著回想他在電影裡看過的場景，但他的腦子一片混亂，就像有東西在裡頭爆炸了一樣，他什麼都找不到。

幾秒之後，夏以風向後退開一點，歪頭看向沈知陽。

沈知陽感覺自己的臉頰燙得快要燒起來了。他抬起手，摀住下半張臉，無法直視夏以風。

「對不起。我不知道……」沈知陽的聲音越來越小。

「這是你的初吻嗎?」

沈知陽以細微得幾乎看不見的動作點了一下頭。

他聽見夏以風笑了起來。

「你太可愛了，知陽。」

一隻手握住沈知陽的手腕，溫柔卻堅定地將他的手從臉上挪開。

「我可以教你。」

沈知陽小心翼翼地看向夏以風，看著他再度湊上前來。那雙嘴唇再度貼上他的，這次動作變得緩慢，一點一點碰觸著沈知陽的下唇。

一股酥麻的感覺在沈知陽的體內擴散，在他的皮膚下蔓延。他嚥了一口口水，卻不知怎麼地發出一聲低哼。他的耳朵開始發燙。

他可以感覺到夏以風在微笑。

「把嘴張開。」夏以風貼在他的唇上，喃喃說道。

沈知陽不覺得他有辦法拒絕。

在他張開嘴的那一刻，夏以風的舌頭便靈巧地鑽了進去。

「唔！」

當他們的舌尖相碰時，沈知陽的身子便不受控制地一扭。就像是有別人在掌握他的身體一樣，他的大腦已經融化成了沒有用處的爛泥，他只能讓本能帶著他行動。

他試著用和夏以風相同的動作，笨拙地做出回應。他的身體好像失去自我支撐的能力，他只想靠在夏以風身上，想要把自己整個人都交到夏以風手中。他抓緊夏以風制服的領口。

夏以風的手指爬進他的頭髮，托著沈知陽的後腦杓，把他更用力地拉向自己。夏以風的動作變得更加猛烈，侵略性的吻，幾乎就像在攻擊他。

沈知陽感覺到身體裡的血液向下流竄，身體反應和無法抑制的哼聲，令他無比尷尬。如果夏以風現在停止……如果他不停止呢？

然後，一陣刺痛從沈知陽的嘴唇上傳來。

「噢！」

他驚叫一聲，夏以風便立刻放開了他，向後彈開。

沈知陽喘著氣，伸手摸了一下嘴唇。當他把手拿到眼前時，他的指尖上帶著一點血。

「對不起。」夏以風的聲音有點沙啞，一手抹了抹臉。「我一下子沒有忍住。」

沈知陽抹掉嘴唇上的血。當他的手指碰到傷口時，他忍不住瑟縮了一下。

「沒關係。」他微笑。

「我只是……想要這樣做好久了。」夏以風的表情帶著歉意。「但是我有點太急了。」

沈知陽的臉頰依然帶著熱度。他喜歡夏以風的說法，好像他想要他很久了一樣。

「沒關係。」沈知陽向他保證。

這天晚上，當他們準備就寢時，沈知陽的心跳得很快。夏以風確實就像他說的那樣裸睡，不過因為沈知陽在的關係，他還是穿著短褲。

沈知陽躺在夏以風與牆壁之間，夏以風的手臂從背後圈著他。他可以感覺到夏以風的呼吸打在他的後頸，隆起的欲望貼著他的臀部。

他半預期著會發生其他的事情，但是在黑暗中，什麼也沒有發生。

「睡覺吧。」夏以風只是這麼說。「我們來看看你半夜會不會偷偷溜去什麼地方。」

在夏以風的臂彎中，沈知陽覺得自己哪裡都不會去。

他突然覺得，這裡就像颱風眼一樣。他身邊有暴風肆虐，但只要和夏以風待在一起，那一切都碰不到他、也傷害不了他。

在這裡，他再也沒有其他的需要。只要有夏以風的擁抱就好。

沈知陽夢到自己在飛翔。強大的氣流托著他的身體，他可以感覺到肩胛骨帶動翅膀拍動時所搧出的風。這是他第一次沒有對他的翅膀感到害怕。他感覺到的只有自由。

第八章

在夏以風家度過的週末，是沈知陽這段時間以來最安穩的兩天兩夜。他哪裡也沒去，當他醒來時，他依然在夏以風的臂彎裡。

星期天晚上，在夏以風送他回家之後，沈知陽的養母對他說，他看起來玩得很快樂。她的表情幾乎可以稱上是欣慰，而這讓沈知陽產生了一種全新的罪惡感。

他是真的讓養母擔心了，儘管她沒有多說，但是他知道她將一切都默默看在眼裡。

「我好多了，媽。」沈知陽告訴她。

他是真心地這麼想。

睡前，夏以風一如往常地打電話來。他們的對話究竟都是關於什麼，沈知陽自己也說不明白，但是和他聊天的時間總是過得特別快，沈知陽最後總是捨不得掛斷。

「好好睡吧。」夏以風說，聲音裡好像帶著笑意。「明天早上見。」

沈知陽把手機放在枕頭下，想像夏以風就在身邊。

隔天早上，沈知陽抵達他們平常碰面的電線桿時，夏以風並不在那裡。

沈知陽等了五分鐘、十分鐘，眼看準備要過馬路的學生越來越少，他的心便鯁在喉頭。夏以風呢？他應該要來了，不是嗎？

沈知陽試著撥打電話給他，但是夏以風當然一通都沒有接。

他說過他不會再像那樣突然消失的。所以他為什麼沒有來，又沒有給他任何理由呢？

沈知陽突然覺得自己沒有辦法呼吸。他站在電線桿旁，此刻，那根髒兮兮的柱子，成了他唯一的支撐。這和有怪物逼近他時的驚慌感不一樣——現在他所感覺到的東西，是從身體深處冒出的。好像他的肚子裡有一個黑洞，要將他整個人由內而外吞噬殆盡。

沈知陽的視線外有一圈陰影。他看不清楚前面的路，當他跌跌撞撞地走過斑馬線時，他差點就被右轉車直接撞上。長長的喇叭聲終於讓他恢復了一點神智，他加快腳步跑進校門裡，刻意忽視教官責備的眼神。

進到教室裡時，大部分的人都當作他不存在。但是有幾個人瞇起眼打量著他，好像覺得夏以風不在他身邊很奇怪似的。

沈知陽不在乎他們的眼光。他只是一直在上課時間偷看手機，只怕自己會錯過任何一封來自夏以風的訊息。

沈知陽傳了很多則訊息給他。如果以風是睡過頭了，那等他睡醒，他就會回覆他才對。對吧？

但是艱難地捱到中午時，夏以風依然沒有傳來一封訊息、也沒有撥給他一通電話。午餐時間，沈知陽的腸胃嚴重絞痛，沒有辦法吃下任何東西。他的心跳不斷敲打著他的肋骨，他的身體彷彿都在隨之震動。

在午休的鐘聲響起之前，沈知陽終於決定去找班導問問看。他奔向班導的辦公室，但是他得到的答案，卻令他感到更加恐慌。

「我以為他會跟你們說的。」班導說。「我今天早上想要打去他們家，但是一直都沒有人接。」

沈知陽覺得自己的手腳發冷。

「我也找不到他。」他脫口而出，聲音顫抖不已。「我也不知道他去哪了。」

「我會再和他爸媽連絡看看。」班導安慰般地說道。「你先回去睡午覺吧，好嗎？」

沈知陽一點都沒有得到安慰。他拖著腳步離開辦公室，穿過操場，往他班級所在的教學大樓走去。

才走進一樓的走廊，沈知陽就感覺到了那股異樣。有人在監視他的感覺。他轉過頭，但是走廊上一個人都沒有。

不，不只是走廊。沈知陽在原地轉了一圈，放眼望向窗外的操場。操場上也一個人都沒有。本來有球隊在慢跑的跑道上，現在沒有半個人影。

一切都和原本的學校一樣，但是現在，沈知陽成為了這裡唯一的存在。

沈知陽的心臟狂跳，他拔腿在走廊上狂奔，往樓梯跑去。

刺耳的尖叫聲在他腦中響起，銳利的聲響使他的頭疼痛不已。他不知道那是什麼東西在尖叫，他也不想知道。

他跑上教室所在的三樓走廊，往自己的教室跑去。走廊上有腳步聲在迴盪，和他的腳步聲錯開，形成混亂的雜音。

他抬起頭，想要看他的班級門牌，但是當他的視線準備聚焦在門框上的綠色牌子時，他只看見天花板的橫樑下，有一片白色的物體。

是翅膀。大得足以遮住一個人的翅膀，和羽毛他的前臂一樣長。

在橫樑的另外一側，那個長著白色翅膀的東西，就在他和教室門之間。

沈知陽煞住腳步。那是什麼?

就像是要回應他的問題，那片翅膀動了一下。

接著，那個東西就從橫樑的下方，以昆蟲般的姿勢爬了過來。好像它的重力方向和沈知陽不一樣似的，它在天花板上爬行，巨大的翅膀收束在背上。

隨著它的靠近，沈知陽的視線像被磁石吸引，無法轉移。那個東西有著人形，渾身灰白，和翅膀的顏色融為一體。但是它的面孔，只是一片空白平坦的表面。沒有五官、沒有任何近似於五官的孔洞。

儘管如此，它卻像是知道自己的目的地般，往沈知陽的方向快速移動。沒幾秒的時間，它就來到沈知陽的頭頂。

沈知陽仰頭看著它，腳步卻動彈不得。

那張沒有五官的臉，像是想要看清楚沈知陽的模樣似的，緩緩向後扭轉，脖子彎折成人類無法辦到的模樣。

直到此時，沈知陽才發現他看錯了。它的臉並不是一片空白，無數細小的金色羽毛，密密麻麻地將表面覆蓋。

它和沈知陽面對面。沒有眼睛，卻讓沈知陽覺得自己正在承受它打量的目光。

「是你嗎？」沈知陽開口。他幾乎聽不見自己的聲音。「這段時間一直在看我的，是你嗎？」

那東西沒有回答。

下一秒，它就往沈知陽的身上撲了過來。

沈知陽慘叫一聲，被它撲倒在地，長滿金色羽毛的面孔逼向沈知陽的臉。

沈知陽的手腳無法動彈。他感覺到那東西緊緊壓住他的胸腔，使他的肺疼痛不已。

「不，不——」沈知陽瘋狂地掙動。「放開我——」

那東西伸出一隻手，覆上沈知陽的臉，用力向下壓。口鼻被悶住的感覺讓沈知陽逐漸缺氧，他瞪大眼睛，從怪物的指縫間看出去。

然後他的視線一白，突然什麼都看不見了。

當他再度睜開眼睛時，先出現的卻不是眼前的畫面，而是耳邊嘈雜不已的聲音。

「幹，醒了啦！」他聽見一個男生的聲音大叫。

接著是一片嘻嘻哈哈的笑聲。

沈知陽試著呼吸，卻吸進了一鼻子的水。他嗆咳著，鼻腔裡灼燒般的疼痛，使他在地上翻滾，好一段時間爬不起來。

「怎樣，這樣有沒有清醒一點啊？」另一個人對著他喊。「瘋子。」

「這樣超危險的啦，白痴喔。」又一個聲音說。「如果他是癲癇怎麼辦啊？死了你要負責？」

「最好有人癲癇是這樣子。你沒聽到他剛剛還在對空氣說話嗎？」

沈知陽艱難地嚥了一口口水，終於有辦法坐起身。他伸手抹過臉，卻摸到臉上一片溼黏，聞起來還帶有一點香氣。是茶。有人拿茶潑他嗎？

他低頭看向自己的身體。他的制服已經全毀了，上面浸滿棕色的茶水。

沈知陽現在終於有餘裕觀察周圍的環境。他正坐在教室外的走廊上，除了他自己的同學之外，隔壁班的門前，也有好奇看戲的學生在看著他。

拿茶潑他的那個男孩，手上還拿著杯子。

「今天你的靠山不在啊。」男孩說。「我看你怎麼囂張。」

沈知陽一時之間還沒有聽懂。然後他才反應過來，男孩在說的是夏以風。對，是因為夏以風不在。因為沒有夏以風，他的大腦就又開始不受他的控制了。

「靠北，你們到底想怎樣？」

張彥宸的聲音從教室深處傳來，接著是一陣沉重的腳步聲。張彥宸的身影出現在教室後門，當他看見坐在地上的沈知陽時，他像被燙到一樣向後退了一點。但是下一刻，他就跑到沈知陽身邊蹲下。

「我扶你起來。」他沉著臉，抓住沈知陽的手臂。

在他的幫助下，沈知陽跌跌撞撞地站起來。水珠從他的髮梢滴落，他用手抹去下顎的水滴，把頭髮向後推。

「走吧，你去廁所清洗一下……」張彥宸說，拉著他就想往廁所的方向走。

一瞬間，沈知陽的腦中閃過江明宇倒在地上、滿地是血的模樣。

「不。」

他把手從張彥宸的手中掙脫出來。張彥宸愣了愣，呆滯地看著他。

「什麼？」

「你……你不要靠近我。」沈知陽的聲音有點顫抖。

看著張彥宸困惑的表情，沈知陽只覺得胸口刺痛。張彥宸依然想要做他的朋友，他知道——但是他沒有辦法和張彥宸繼續做朋友。

「你在說什麼？」張彥宸瞇起眼。

「我怕……」沈知陽嚥了一口口水。「我怕我會傷害你。」

張彥宸的下顎動了動。沈知陽不確定他有沒有看錯，但是他覺得張彥宸的眼眶有一點泛紅。

「你到底怎麼了，沈知陽？」張彥宸質問。「你是精神分裂了嗎？還是什麼思覺失調——」

沈知陽只能搖頭。他向後退開一步，兩步，然後轉身走進教室裡。他回到座位上，用衛生紙把頭髮裡的液體吸掉。

他沒有辦法和張彥宸解釋這一切。他不會懂的，沒有人會懂。

✳

夏以風依然沒有回他電話或訊息，直到沈知陽回家時，他幾乎覺得夏以風從此不會再出現了。

待在家裡，也無法令沈知陽心安。他的房間現在是一座監牢，沒有辦法保護他，反而是在囚禁他。但是他如果離開，他又能去哪裡？

去找夏以風。去他家找他，如果他在的話，沈知陽至少可以知道他今天消失的原因。

但是如果他不在呢？

沈知陽不敢面對這個可能性。這就像是薛丁格的箱子，在他打開之前，夏以風既存在也不存在。

這天晚上，沈知陽只洗了幾分鐘的戰鬥澡，他不敢在浴室裡閉眼，深怕睜開眼時，眼前又會出現他不想看見的東西。他連身體都來不及擦乾，就躲回房間裡。

房間裡每一個陰暗的角落，現在都讓他提心吊膽。他的眼神不時往書桌與牆壁之間的角落看去，又轉向房門上方的橫樑。就連窗簾的陰影也看起來很危險。

這就是許文琴待在家裡那幾天的感受嗎？沈知陽現在完全懂了。

他後來是怎麼睡著的，他已經不記得了。但是他一點都不覺得自己有得到休息。

在他的夢境中，有人在外頭瘋狂搖晃他的房門，好像想要把門拆下來似的。他不確定在睡前有沒有把門鎖上，但他一定鎖了，因為門外的東西似乎對於那道阻礙氣憤不已。

不知為何，沈知陽似乎可以看見它的模樣。一樣空洞凹陷的面孔，肚子上破爛的血洞，還有扭曲尖銳的手指。它想進來。

它是來殺他的。

而沈知陽只想要在它闖進來之前先死掉。他用被子蓋住頭，卻擋不住門外越來越劇烈的碰撞和拍打聲。

喀嚓——

門把轉動的聲音銳利得刺耳。沈知陽驚叫一聲，從床上彈了起來。

「不要——」

他的養母像被他嚇到一樣，在他的房門口頓了頓。

「知陽，你還好嗎？」她問，一邊小心翼翼地走進房裡。「你作惡夢了嗎？」

沈知陽喘著氣，驚魂未定。

「媽，妳是怎麼……」

「我只是看你一直沒有起來。」養母柔聲說。「你再不起床，上學就要遲到了。」

沈知陽嚥了一口口水，這才意識到，早晨的陽光從窗簾的縫隙穿透。養母走進房裡，幫他把窗簾拉開。陽光照進房內，驅散了屋子裡的陰影。但是沈知陽不得不注意到，在陽光的照射下，房裡陰暗的角落變得更黑了。

沈知陽點點頭。「好。我起來了。」他啞聲說道。

「知陽。」養母站在他的床邊，欲言又止。

「媽，我沒事。」沈知陽說，但他覺得自己沒有什麼說服力。

他翻身爬下床，膝蓋一軟，差點摔倒。他扶著床沿，找回自己的平衡。

「我快遲到了。而且我好想上廁所。」

沈知陽迴避著養母的目光，往房間外快步移動。

他的夢境與現實已經失去了分界，現在，他的現實也快要不是現實了。沈知陽坐在馬桶上，用力抓緊自己的頭髮。

他不可能這樣去學校。如果他這樣跑去學校，他會被他的同學們當成靶子。或者反過來：他會像攻擊夏以風那樣攻擊他們。

夏以風，對了。他得去找夏以風。

於是這天，沈知陽人生第一次蹺了課。他揹著書包，像往常一樣離開家門，但是當他抵達公車站後，他搭上的卻不是平時那班公車。

前幾天才去過夏以風的家，沈知陽對附近的環境記憶猶新。他下了公車後，便循著腦中上星期五以風的帶領，很快就來到夏以風的公寓樓下。

他深吸一口氣，感覺到自己渾身正微微發抖。現在站在夏以風家樓下，他逐漸從起床時瘋狂盲目的狀態中清醒過來，他的後頸浮現一層冷汗。

他到底在幹嘛？

沈知陽突然覺得，他簡直就是所謂的恐怖情人。夏以風只不過是一天沒出現、幾小時沒回他訊息，他就像發瘋了一樣尋找，現在還直接殺到對方家樓下了。

如果夏以風看見他，他會害怕嗎？他也會像其他人一樣覺得他是瘋子嗎？沈知陽想，他現在的行為確實就是個瘋子。

沈知陽差一點就要打退堂鼓了。他在夏以風家樓下來回走了幾趟，猶豫著要不要在夏以風發現他的存在之前離開。但是如果他現在回去，他不知道他究竟要怎麼活下去。

沈知陽拿出手機，抱持著放手一搏的心情，再度撥出夏以風的電話。

電話接通的那一刻，沈知陽的淚水立刻奪眶而出。

『知陽？』

沈知陽哽咽得沒有辦法說話。他聽著夏以風在電話另一頭的詢問，此刻突然覺得渾身的力氣都消失了。

『怎麼了，知陽？』夏以風問。『你在哪裡？』

「我在……」沈知陽在啜泣之間勉強說道。「我在你家……樓下……」

『我家樓下？』夏以風的聲音突然在他耳邊放大。『現在嗎？』

沈知陽一邊吸著鼻子，對著電話點頭，但是夏以風當然看不到了。

『你等我。我現在下去。』夏以風說。

幾分鐘後，當公寓一樓的鐵門向後彈開，夏以風的身影出現在階梯上時，沈知陽依然把手機貼在耳邊。

夏以風看著他，眨了眨眼。在他臉上一閃而過的表情，究竟是驚喜，還是驚嚇？

下一秒，夏以風便對他張開雙手。

另一股落淚的衝動從沈知陽的胸口湧了上來。他的視線暫時被淚水遮蔽，他把手機塞進口袋，快步走上前，緊緊抱住夏以風。

「喔。」

夏以風的身子瑟縮了一下，但是手臂依然溫柔地攬住沈知陽的肩膀。沈知陽只是抓著他身上寬鬆的睡衣，一言不發地哭泣，直到混亂的情緒稍微平息。

他抬起頭，看向夏以風的臉。

「你怎麼了？」沈知陽的身體依然有些顫抖，但他現在至少可以組織出完整的句子。「你昨天沒有來學校。我……我很擔心……」

一點罪惡感戳刺著沈知陽。與其說是擔心夏以風，他更像是為自己感到害怕。他需要夏以風在身邊，讓他保持理智，讓他覺得自己還勉強像個正常人。

「對不起。我……」夏以風的話音漸落，嘴角浮現起帶著歉意的微笑。「我昨天不太舒服。」

「你生病了嗎？」沈知陽垂下視線。「你說過你會告訴我的。」

「對不起。但我昨天真的沒辦法。」

沈知陽疑惑地抬起頭，而夏以風的身體一晃，表情一瞬間扭曲。

「以風，你怎麼了？」

在他的注視下，夏以風轉開視線，好像有什麼事情羞於啟齒。沈知陽的心中突然產生了一股很不好的預感。

他張開嘴，但是喉嚨緊縮得說不出話。他嚥了嚥口水。

「以風。」他勉強擠出幾個字。「發生什麼事了？」

「我……不知道。」夏以風說。

沈知陽瞪大眼睛看著他，抓住夏以風的衣服。

「告訴我。」

他的動作讓夏以風又倒抽了一口氣。

「知陽，你這樣讓我很痛。」

沈知陽像觸電般放開他。

「怎麼……為什麼？」

「我不想告訴你。」夏以風低聲說。「對不起。我昨天沒有回你訊息，是因為我不知道該怎麼說。」

「什麼意思？」

「我知道你已經很難受了，發生的那些事……」夏以風看向他們腳邊的地面。「所以我……不想再讓你更害怕。」

沈知陽的四肢變得冰冷。他屏住呼吸，只是直直地看著他。

「你……你在說什麼？」

夏以風咬住嘴唇。他猶豫了幾秒，然後伸手拉起自己的上衣下襬。

沈知陽的手飛起來，遮住嘴，壓住一聲尖叫。

在夏以風結實的腹部上，布滿一道道暗紅色的抓痕，有長有短，就像有東西試著……試著要把他的肚子扯開。

現在那些抓痕的血已經止住，但是一條條浮腫的傷口，依然觸目驚心。或許是為了要讓傷口透氣乾燥，夏以風並沒有把它們包紮起來。

看著他皮開肉綻的樣子，沈知陽只覺得反胃。他空空的腸胃翻攪著，一股胃酸的味道湧進嘴裡。

「不、不……」沈知陽搖著頭。「以風，這是什麼時候？」

「半夜的時候。」夏以風放開衣服，將傷口再度遮住。「我以為那是惡夢，你知道嗎？有東西爬到我身上，然後——」

夏以風停了下來，看向一旁的牆壁。

「我以為那只是夢而已。」他喃喃說道。

沈知陽向後退，一步、然後又一步。這不是真的。這不可能是真的。

他以為夏以風是他的避風港，是他唯一可以找到安全感的來源，他以為在夏以風身邊，他就可以保有自己的理智。但是現在就連夏以風都無法倖免。

他怎麼會蠢成這樣？

難道他以為他可以永遠靠著夏以風來保持清醒嗎？如果高中畢業之後，他們上了不同的大學，他又該怎麼辦？

他會傷害更多的人，還是自己會先承受不住？

夏以風身上的那些傷口，就是最好的暗示了。他不可能繼續裝死下去。如果他又殺害了別人……如果他殺的人是夏以風，他要怎麼辦？

「是我嗎？」沈知陽問。

夏以風眨了眨眼，好像沒有聽懂他的問題。

「什麼？」

「你惡夢裡出現的那個東西。把你……抓傷的那個東西。」沈知陽嚥了一口口水。

「是我嗎？」

夏以風皺起眉，停頓了兩秒。

「我不覺得是。」夏以風說。

這個答案，對沈知陽來說已經足夠了。他的頭劇烈地疼痛起來，有幾秒鐘的時間，他暫時失去了對四周環境的感受。

「但……你沒辦法肯定吧。」沈知陽說。

他不知道他為什麼沒有把夏以風吃掉，他也不知道這段記憶為什麼不存在在他的腦中，但是他想，當第一起開膛剖肚的命案發生時，他也還不知道自己做了什麼。也許這種事就是這樣運作的，也許就是要再過一陣子，他才會開始看見他試圖吃掉夏以風的過程。

不。他不想看到那種東西。

無論這件事是怎麼發生的，現在都不重要了。他必須解決它，一勞永逸地解決。

沈知陽從夏以風面前退開，然後轉身拔腿就跑。

「知陽！」夏以風在他身後驚叫。「你要去哪裡？」

他要去行天宮。他知道那個地方可以殺了他，或者他身上那隻妖怪。如果他在接近宮廟外的街道上就死去，或許就是他命中註定的結局。

但如果……如果他能撐著最後一口氣進到廟裡。也許那裡的人可以幫他驅走那個妖怪，那個長滿羽毛的、會吃人的妖怪。而沈知陽作為人類的那小小的一部分，就還有倖存下來的機會。

這樣他會需要面對刑責嗎？當警察找上門來的時候，他會被當成殺人凶手逮捕嗎？有那麼一瞬間，沈知陽不確定他希望自己和妖怪一起死去，還是以人類的身分被抓住。但無論如何，都比作為妖怪活著要好多了。

「沈知陽！等一下！」

夏以風的聲音在他背後響起，但他沒有停下腳步。

「沈知陽，你要……啊！」

一聲碰撞的悶響從身後傳來，沈知陽無法阻止自己回頭。

他看見夏以風趴倒在距離他家門不遠的柏油路上，一手撐著地面，卻無法從地上爬起來。沈知陽突然覺得心臟一陣緊縮。

他不該回頭。他知道如果他回頭，現在的衝動就會消退。他就會失去自殺的勇氣。

可是他沒辦法看著夏以風帶著傷趴在地上。那是他造成的傷口。而且那個人是夏以風，他沒辦法讓他一個人在那裡痛苦。

沈知陽一咬牙，停下腳步。

他趕回夏以風身邊，在他身旁蹲下。

「你有沒有怎樣？」他抓住夏以風的上臂，試著將他的身體從地上拉起。

「痛。」夏以風低聲說。

在他翻過身時，他發出的呻吟令沈知陽頭皮發麻。結痂的傷口似乎又裂開了，他的衣服上滲出了血跡。

沈知陽的手腳發軟。

「對不起。都是我的錯。」

這句話他說過好幾次了，就連他自己都知道這種道歉有多廉價。如果他沒有辦法解決這件事，那他的後悔就只是假後悔罷了。

但是夏以風抬起一隻手，抓住他的手腕。

「你要去哪裡？」夏以風的眼神在他臉上來回打量。

沈知陽無法直視他的眼睛。眼淚從他的臉頰上滑落，他一句話都說不出口。

「沈知陽，你不要嚇我。」夏以風搖晃著他。「你要做什麼？」

沈知陽用力咬著自己的嘴唇，勉強喚回一點自己的理智。

「以後……以後就沒有東西會傷害你了。」沈知陽輕聲說。

「什……」

夏以風倒抽一口氣。

然後沈知陽感覺到夏以風掙扎著地上坐起。夏以風的手抓緊沈知陽的手臂，掐得他都痛了。

「你要回去廟裡嗎？」夏以風問。

沈知陽顫抖不已。他沒有回答夏以風的話，但是他也沒有辦法否認。

「沈知陽，你不准。」夏以風的聲音就像是從齒縫間擠出來的，急促又沙啞。「我們說好的，不是嗎？你答應過我。」

沈知陽搖搖頭。那是因為他之前還不願意正視他自己的危險性。現在，他如果還不願意面對現實，那他不僅是蠢而已，還是自私。

「沈知陽！」夏以風對他大吼。

「那你要我怎麼辦？」沈知陽回嘴，聲音細小而顫抖。「繼續這樣下去，你會……我會……」

我會殺了你。

這句話在沈知陽的腦中迴盪，但是他沒有辦法逼自己說出口。太殘酷，也讓他太痛苦了。他會殺了這世界上對他好的所有人。張彥宸、梁芷含，甚至他的養父母。

他不該存在。如果他沒辦法解決問題，那就解決他這個人。

「你不要把問題丟回我身上。」夏以風強硬地說。「我們說好的。要是這次去了之後，你回不來的話——你要我怎麼辦？」

這就是沈知陽要的結果，不是嗎？他還不想死，他也不確定他會不會真的死去。但是和其他更多條人命相比、和他的罪惡感相比，這或許還是最好的選擇。

沈知陽用另一隻手摀住臉，沒有辦法繼續和夏以風說下去。

夏以風抓住他的手鬆開了。

「你是故意的，對不對？」他沙啞地說。「你想要回去廟裡，是因為你想死。」

在哭泣所造成的痙攣之間，沈知陽只能輕輕點了一下頭。

「對不起，以風。我只是……」沈知陽的聲音，就連在自己耳裡都含糊不清。「我已經快瘋了。我已經……沒有辦法繼續這樣活下去了。」

這段時間，他的日子已經像是活生生的地獄。還要持續多久？還需要多久的時間，他才有辦法從這個循環裡跳脫出來？

「可不可以，拜託你不要去？」夏以風說。

下一秒，他的身體便跌跌撞撞地撲向沈知陽。沈知陽蹲得發麻的雙腿支撐不住兩人的體重，向後坐倒。

夏以風緊緊抱住他，好像深怕他從他手臂中溜走似的。他的啜泣聲就在沈知陽耳邊，聽起來絕望而痛苦。

「我們會找到辦法的。一定會有辦法的。」夏以風說。「我們可不可以一起想辦法，沈知陽？請你不要……不要離開我。」

「我怕……我沒有時間了。」沈知陽說。「這次你只是受傷。但是下一次……」

下一次，夏以風或許會死。而真正的沈知陽或許也會消失，剩下的，只會是有著沈知陽的空殼、內在卻不知道是什麼的怪物。

他需要決心、需要足供的衝動，才有可能讓這一切劃下句點。可是夏以風的哭泣和哀求，卻在把他往相反的方向拉。

「算我求你了，沈知陽。」夏以風的臉頰緊貼著他的，渾身顫抖。「就當作為了我，留下來。就算是為了我也不行嗎？」

就是為了他，他才必須去。但是面對夏以風現在的模樣，沈知陽沒有辦法拒絕。他勉強吸了一口氣，然後又一口。他的呼吸斷斷續續，只能擠出簡短的句子。

「你先起來，以風。」他說。「你的傷口……」

但是夏以風沒有移動。沈知陽試著將他的身體抬起，但是他只是沉重地掛在沈知陽身上，依然啜泣著，呼吸粗重。

沈知陽想要扶著他站起來，可是他的力量不夠，他的四肢也因為哭泣而發軟，他無法撐起夏以風高大的身子。他往一旁摔倒，連帶把夏以風也拖倒在地。

夏以風癱倒在柏油路上，喘著氣，腹部的血已經把衣服布料給染紅。

「我要送你去醫院。」沈知陽說。

「不。」夏以風的聲音低得幾乎聽不見。沈知陽得伏下身，才能勉強聽到他的話。「你說過，你會不舒服……」

「我們必須去。」沈知陽說。

至少等到夏以風的傷口獲得妥善處理，他再來想接下來要做什麼。擁有一個確定的計畫後，即使只是一小步，也讓沈知陽感覺稍微踏實了一點。

他掏出手機，撥出緊急求救的號碼。

第九章

在急診室裡，沈知陽終於第一次意識到，他以前在醫院裡聽到的那些吵雜的聲音，究竟是什麼。

他已經太久沒有進醫院了，以至於他總是把那些聲響當成是四周病人的說話聲。但是現在，或許是因為對自己有了全新的認識，他終於發現，除了病人和家屬的對話之外，還有一股低頻的、不屬於任何人的聲音，穿插在其中。

在等待夏以風處置傷口時，沈知陽有了一小段屬於自己的時間，仔細聆聽——雖然他更像是不得不聽。

像是許多低沉的吟唱，直接傳進他的腦中，又像是持續不斷、隱隱約約的啜泣。現在想來，或許這就是他身上那隻妖怪所聽見的東西；來自另一個世界，另一個空間，在醫院裡的亡靈集體吟唱的安魂曲。

急診室裡的光線刺得沈知陽瞇起眼。在這裡，他的感官似乎都被放大了數倍，聲音、氣味、燈光，都讓他感到心跳加速。

他看向一旁病床上的夏以風，護理師細心地為他清潔傷口，但即使是這麼輕柔的動作，都讓夏以風痛得直哀嚎。

「這幾天觀察一下傷口。」貼上乾淨的紗布之後，護理師這樣交代他。「被狗抓傷最怕細菌感染。」

沈知陽不禁畏縮了一下。夏以風告訴醫生，他的傷口是被狗攻擊過後的撕裂傷，但是沈知陽只覺得自己又被提醒一次，他現在比一隻瘋狗更危險。

結束包紮後，夏以風拖著身子和沈知陽一起前往急診的批價領藥櫃檯。沈知陽讓他坐在牆邊的排椅上。

「你在這裡等我。」沈知陽對夏以風說。

夏以風有氣無力地對沈知陽露出微笑，仰頭靠在後面的牆上。

沈知陽站在隊伍裡，等待夏以風的口服抗生素。

等到離開醫院之後，他們接下來要怎麼辦？

他要怎麼辦？

儘管他答應了夏以風，但是他知道，他是不可能等下去了。為了身邊的人，他必須盡快把自己解決掉。

等一下他會陪夏以風回家。等到他離開夏以風家後，他就會直接前往行天宮。

今天晚上之前，一切就會結束了。

必須結束。

沈知陽的手心發涼，身體不停地顫抖起來。想到接近宮廟時的不適感，他就感到一陣反胃。現在他知道了，每次接近行天宮時，身體激烈的抗拒，或許就是那隻妖怪為了自保而做出的掙扎。

今天他有辦法真正踏進那間廟嗎？如果他體內的妖怪產生更強烈的反抗，他的人類身體會發生什麼事？如果他死了，那隻妖怪又會何去何從？

隊伍很快就輪到沈知陽，將他暫時從腦中紛亂的思緒喚回現實。他替夏以風領了藥袋，一邊確認藥袋上的吃藥次數，然後轉身往牆邊的排椅走去。

沈知陽停下腳步。

剛才在他背後排隊的人潮，全部都消失了。沈知陽屏住呼吸，抬起頭四處張望。原本擁擠的急診室大廳，現在一個人都沒有。

他回過頭。幾秒鐘前才和他說過話的藥師，現在也不存在了。急診室的燈光依然亮著，明亮的光芒卻讓四周的氣氛變得更加詭異。

一片死寂，一點動靜也沒有。除了沈知陽自己急促的呼吸聲，他什麼都聽不到。

夏以風呢？

沈知陽的視線快速跳轉，在空蕩蕩的急診室裡搜尋。等待區的排椅整整齊齊地擺放，但是原本坐在上面的夏以風卻不見人影。

「以風。」沈知陽試探地出聲。他的嗓音在寂靜中，似乎還帶著陣陣回音。「以風！」

夏以風就和其他人一樣，憑空消失了。

不，不對。並不是憑空消失。

在夏以風剛才坐的那個位置前，一片光潔的醫院地板上，有一條暗色的痕跡，一路往一旁的走廊延伸過去。

沈知陽瞇起眼。

剛才那裡並沒有走廊。其他走道上方都有明確的告示牌，標註通往廁所、通往停車場或者抽血室，但是現在牆上出現了另一條通道，沒有任何指示，就只是一個光禿的入口。

一管日光燈在走道的天花板上發亮。地上的汙漬一路延伸進走道中，在盡頭的地方消失。

沈知陽的心臟跳到了喉頭。

他害怕嗎？當然怕。但是已經計劃好要去死的人，究竟還有什麼好怕的？

他捏緊手中的藥袋，跟著那條深色的痕跡跑進走廊裡。

頭頂上的燈光似乎被什麼東西干擾了，在他經過的時候閃爍了一下。走廊的盡頭有另外一條橫向的走廊，往左右兩邊延伸。

但是沈知陽不用猶豫。那道汙漬往左邊的通道前進，從沈知陽站的地方，看不見左側通道的盡頭。只有靠近沈知陽的這一段走廊有燈光，再往裡頭走去，則是一片黑暗。

「以風，你在哪裡？」

沈知陽的聲音在狹窄的走廊牆壁之間迴盪，沒有得到任何回應。

他不確定自己前進了多久，走廊彷彿永遠不會結束一樣。他的手在兩旁的牆壁上摸索，但他不知道自己想要找什麼，是某個隱藏的開關，或是一道暗門？

接著，他就看到了。夏以風就站在前方不遠處，頭頂上有一盞日光燈亮著，背後襯著黑暗的走道。汙漬一路延伸到夏以風的腳邊。

「以風。」沈知陽的喉嚨一陣緊縮。

是血。是夏以風的血嗎？

夏以風的站姿非常奇怪，頭低垂在胸口，脖子歪向一側，雙手疲軟地掛在身側。然後沈知陽才意識到，夏以風並不是站著。他的腳尖幾乎沒有碰到地面，就好像有什麼東西把他掛在半空中一樣。

沈知陽煞住腳步。他的身體不受控制地劇烈顫抖起來。

在他眨眼的瞬間，眼前的畫面又變了。現在他看見的夏以風並不孤單，他也不是漂浮在半空中。在他頭頂上方的天花板上，有一個東西吊掛著。在燈光下，它扭曲的面孔正面對沈知陽。

就像是只有鬆垮的皮膚垂掛在骷髏外，那東西的眼窩裡什麼也沒有，大張的嘴裡漫出深色的黏液，將它的牙齒染黑，滴在夏以風的頭頂上。

它的雙手抓著夏以風的肩胛，將他牢牢定在走道的中央。

然後它的一隻手放開了夏以風，讓他的身子一歪。那隻手移向夏以風的脖子，將夏以風的頭抬了起來。

夏以風倒抽一口氣，睜開眼。

幾乎在同一秒，那東西的另一隻手也移到夏以風的脖子上。夏以風的眼睛大睜，頭向上仰起。現在他身體唯一的支點，就是卡在怪物雙手中的下顎。

夏以風的四肢在半空中揮舞，試著掙脫它的掌握。他的眼神落在沈知陽身上，嘴唇向上翻起，好像想要說點什麼，卻無法發出一點聲音。

沈知陽就像被施了咒一般動彈不得。

那東西想要掐死以風。

——騙子。

一個聲音在沈知陽的腦中擴散，幾乎像是一種共鳴。但是沈知陽聽不懂。

在他的注視下，夏以風的腰部兩側又出現了兩道暗影，接著快速化為兩雙手。連接著那兩雙手的身體從黑暗中現形，同樣乾枯、死灰，抓住夏以風的衣服，手指往他的皮肉裡扎去。

它們會弄死他。它們會當著沈知陽的面，將夏以風開膛剖肚，作為對沈知陽的懲罰。

「不、不……」

夏以風在半空中掙扎的樣子，畫面詭異而痛苦。沈知陽的腸胃緊緊絞在一起，痛得他幾乎要站不住腳。

一股沉甸甸的重量壓在沈知陽的肩膀上，讓他跪倒在地，膝蓋撞上冰冷的磁磚。

然後，柔軟的東西擦過沈知陽的臉頰，在他的視野邊緣擺盪。

是翅膀。是那雙屬於他的妖怪翅膀。

沈知陽抬起頭。那張長著金色與白色羽毛的面孔，正在他的頭頂上方看著他，他們之間的距離甚至不到一個拳頭。儘管沒有眼睛，但沈知陽可以感覺到它的注意力集中在他的臉上。

它就像在等待他的回應一樣，雙手與雙腳撐著他的肩膀，動也不動地面對他。

前一次，它也對他遞出了邀請。他拒絕了，然後許文琴就發瘋了。

而現在，如果他再度拒絕，夏以風就會因他而死。

沈知陽別無選擇。

如果它想要他的身體，那他就會給它。只要能救夏以風就好。

沈知陽看著那張沒有五官的臉，放棄了抵抗。

像是打開一扇閘門，沈知陽可以感覺到有東西湧進了他的大腦、他的身體。他肩上的妖怪俯身向下，雙手架住他的頭，往他的面孔壓過來。

柔軟的羽毛碰觸到沈知陽的鼻尖、臉頰，然後是嘴唇。他張開嘴，試著呼吸，但接著就連他的口腔都被羽毛填滿。

有那麼一瞬間，沈知陽覺得自己就要死了。他失去了視覺，無法呼吸、無法吞嚥，強烈的窒息感令他恐懼。他像是被黑洞吞噬，身體四周巨大的壓力擠壓著他，威脅著要將他夾碎。

然後他倒抽一口氣，再度睜開雙眼。

他的視線有點模糊，四周似乎被一圈光芒所包圍。眼前的走道變得扭曲，而沈知陽依然可以看見夏以風的身體在半空中扭動掙扎。

沈知陽從地面上站了起來。

他的雙腳感覺不像是他自己的。就像有另外一股力量牽引著他的身體，帶領他往前走去。他的身體依然不受控制地劇烈顫抖，但這次是因為別的理由。

他感覺到血液裡有什麼東西在流動，迅速從他的胸口往全身擴散。剛才從外在擠壓著他的力量，現在正從他的體內往外推擠，就像想要掙脫他肉體的束縛。

如果這就是那隻妖怪要的，那就順從它的意願吧。

沈知陽仰起頭，張開雙臂。體內巨大的推力逼出他的眼淚，沈知陽頭痛欲裂。

然後，在他的耳裡，他聽見了像是骨頭彎折所發出的清脆聲響。

喀喀——

一陣如同爆炸般的轟然巨響在他的腦內迴盪。

沈知陽放聲尖叫，直到他的聲音再也不像是人類發出來的叫聲。

不知道時間過去多久。

當沈知陽回過神來時，他正跪倒在磁磚上，他的手指清楚地摸到光滑的地面。他喘著氣，頭暈目眩。他抬起一隻手，抓住自己的頭。

「哈……哈……」

剛才劇烈的頭痛已經消退，現在只剩下一點隱隱作痛。他深吸一口氣，然後又一口，緩緩抬起視線。

夏以風趴倒在前方的地上，動也不動。抓著他的那三個怪物已經蕩然無存，就好像剛才那一切都是他的幻覺。

「以、以風……」

沈知陽吃力地撐起身體，跌跌撞撞地往前跑去。

他的背上似乎多了一點重量，讓他的重心有點不穩，但是此刻他顧慮不了這些。他來到夏以風身邊，抓住他的手臂，試著將他翻過來。

「以風，你聽得到我的聲音嗎？」比起詢問，沈知陽的口氣更像是在哀求。

夏以風低吟一聲，掙扎地用一手撐住地面。

沈知陽看著他失去血色的嘴唇和臉頰，只覺得胸口一陣刺痛。

「知陽。」夏以風的聲音細得幾乎不可聞。然後他露出一抹似有若無的微笑。「真的像天使一樣啊。」

一時之間，沈知陽以為他是在囈語。但是夏以風抬起一隻手，伸向沈知陽的身側。當夏以風的手指碰觸到某個東西時，一股沈知陽從未體驗過的觸覺便傳進他的大腦。夏以風摸到的東西是他，但卻又不是他。

沈知陽回過頭，看見的是一片巨大的、豎立著的翅膀。白色的羽毛，就和沈知陽時常見到的一樣，只是現在，當夏以風碰觸的時候，那些羽毛根部所傳來的感覺，是由他的大腦來接收。

現在，這是他的翅膀。

沈知陽感覺到鼻尖有股熟悉的刺痛感，但是他沒有眼淚。

「你不害怕嗎？」沈知陽輕聲問道。

「害怕？」夏以風看著他。「你好美。我為什麼要害怕？」

沈知陽不禁輕笑出聲。

「你可以扶我起來嗎？」夏以風說。

沈知陽將他從地上攙扶起來。夏以風的體重似乎不像他印象中的那麼沉了，但沈知陽知道，那是因為他身體裡現在多了一股不屬於他的力量。

不，那股力量現在就是他的。只是他還不習慣罷了。

沈知陽往前踏出一步，但背部多出的重量讓他的身子一歪。他皺起眉，回頭看向他的翅膀。他試探性地發出指令，就像命令自己抬起腳那樣，然後便感覺到他的肩胛骨關節移動了起來，好像是另外一對手臂。

翅膀掀起的風打在夏以風身上，讓他露出一抹歪斜的微笑。

「你要想辦法把那個東西收起來嗎？」他指了指沈知陽的背。

「我……不知道要怎麼做。」

這股力量還太陌生，沈知陽還不知道該如何使用。他現在就像獲得了一個全新的工具，卻沒有使用說明書。但是沈知陽自己心裡知道，就算翅膀收起來，他也永遠無法回到從前。他身為人類的那一部分已經死去了。

不過，眼前，他有更棘手的問題——他要怎麼頂著這兩片翅膀離開醫院？

「我們先走吧。」夏以風抬起頭，看向沈知陽的後方。「這裡……讓我有點不太舒服。」

沈知陽順著他的視線看去。

在他身後有一座雙扇的鐵門，上面的標誌寫著太平間。

一股涼意爬上沈知陽的背脊。

當他和夏以風沿著走廊回到醫院的大廳時，許多好奇和錯愕的目光便往他們的方向投來。沈知陽堅決地看著前方，不和任何人目光相對。

醫院外的陽光刺眼得讓沈知陽睜不開眼，他耳裡能聽見的聲音似乎也比平常多了許多。他可以聽見樹枝在風吹之下移動的吱嘎聲，還有不知道從哪裡傳來的鳥鳴。

他回到了同一個世界裡，但是他看見的世界卻再也不一樣。

夏以風站在他身邊，打量著他。

「你這樣會把你媽嚇死吧。」夏以風說。「還是先去我家，我們再想辦法？」

沈知陽遲疑了一下。

「我們要怎麼去？」

夏以風伸手指了指他的翅膀。

「要不然，我們試試看這東西好不好用？」

第十章

他們降落在夏以風家公寓的頂樓，然後順著髒兮兮的樓梯走下樓，回到夏以風家。

「我爸媽去上班了，所以你現在很安全。」

夏以風打開家門，讓沈知陽先走了進去。

翅膀的存在，依然讓沈知陽感到十分抽離。剛才他帶著夏以風飛回來的過程，他甚至不知道自己究竟是怎麼辦到的。比起他在任何文章裡讀到鳥類飛翔的自由，他感受到的絕大多數只有恐懼，還有一絲不可置信。

他現在，究竟是什麼東西？

當他走進夏以風的房間裡時，他巨大的翅膀撞上了門框，就像踢到了腳趾一樣，痛得他哀嚎出聲。

「小心不要撞翻我的架子喔。」夏以風在他身後開玩笑地說道。

沈知陽很努力地把多出來的這對骨頭收起來了，但無論他怎麼嘗試，它們依然像兩片巨大的道具，高高挺立在他的背後。

夏以風的房間對他們來說，突然顯得有點太小了。現在唯一容納得下沈知陽的地方，就是夏以風的床。

他走到夏以風的床邊，小心翼翼地坐下。他得把翅膀向前張開，像要給自己擁抱那樣，才不會折到新長出的骨頭。

沈知陽把臉埋進雙手之間，吐出一口長氣。

現在呢？

現在他們要怎麼辦？

他聽見夏以風把房門關上的喀嚓聲。

不久之後，他便感覺到夏以風的手落在他頭上。

他抬起眼，便看見夏以風站在他面前，臉上帶著一個淺淺的微笑。

「以風。」

「我在。」

他以為已經乾涸的眼淚在這時湧了上來，沈知陽的視線變得模糊。他好想抱住夏以風的身體，但是他不敢。夏以風的肚子上還有剛包紮好的傷口，不是嗎？

夏以風的手指穿進他的髮絲裡，輕柔地按摩著他的頭頂。

「辛苦你了。」夏以風輕聲說。

沈知陽啜泣著。

「我現在……到底要怎麼辦？」

他現在已經不再是人類了，對吧？今天早上以前，他對自己的那些認知，現在再也不適用。他想到學校，想到今天以前他對未來的那些思考，想到他的朋友們。那些東西，現在似乎和他沒有任何關係了。

但是，他又要對自己有什麼新的認知？又該如何重新看待這個世界？

他什麼都不知道。他現在客觀知道的事實，就像是一份份存放在架上的卷宗，但是沒有一份可以幫上忙。

「不要哭。」

夏以風的手滑落到他的脖頸，拇指輕輕撫摸那裡敏感的皮膚。沈知陽把臉頰靠向他的手，想要更貼近他的觸碰。

他可以感覺到夏以風的身體前傾，一腳的膝蓋跪在床沿，床墊微微傾斜。沈知陽抬起眼，看見夏以風的臉就在他面前，兩人之間只有幾公分遠的距離。

在夏以風的靠近下，沈知陽向後挪動，雙腳收上床墊。夏以風的身體跟著他爬上床，跪在他的雙腿之間。

夏以風的另一隻手撫過他的臉頰，將他的淚珠抹去。

然後夏以風俯身向前，吻上沈知陽的嘴唇。

突如其來的吻令沈知陽有點措手不及，他錯愕地睜大眼，但很快就被夏以風的動作分散了注意力。溼潤的親吻聲刺激著沈知陽的耳膜，讓他的臉頰滾燙不已。一股騷動從他的體內深處升起。

「你好香。」夏以風貼著他的嘴唇，喃喃說道。「我已經期待這一刻好久了。」

沈知陽的呼吸短促，感覺血液往他的下身湧去。他有點意外自己的身體居然還會感覺到這股欲望，這股對他來說陌生不已的感受。

當夏以風往他的身上壓來時，他差點就伸手去推他的胸口。但是他不敢，怕自己會拉扯到夏以風腹部的傷口。

他只能順著夏以風的動作，向後仰倒。他的翅膀彎起一個滑順的弧度，就像要把他和夏以風一起包住。

「以、以風。」他勉強說道。「你的傷口……」

「噓。」夏以風輕聲說。「不要擔心。」

沈知陽嚥了一口口水，看著夏以風將雙手撐在他的脖子兩側，再度俯下身，覆蓋住他的嘴唇。

這次，夏以風的吻變得細膩而輕柔，從他的嘴唇開始，經過唇角、下顎，來到喉結。沈知陽不禁發出一聲嘆息。

太快了，對吧？他們才在一起多久而已？現在就要做這件事嗎？

但是如果夏以風想要，他就會給他。

他已經為了夏以風，把自己的身體給了那隻妖怪，現在他還有什麼不能給的？

夏以風的嘴唇來到他的鎖骨，被他碰觸過的每一個地方，都留下炙熱的痕跡。

然後，沈知陽突然感覺有一股壓力從上方壓了下來，讓他一瞬間喘不過氣。

「以風……我不能呼吸……」

沈知陽試著想去推夏以風的肩膀，但是他的手臂無法動彈。沈知陽瞪大雙眼。

不只他的手臂。他想要移動他的身體，但是此刻，他肢體的每一條肌肉、每一根骨頭，都像與他的大腦失去了連結。

他的大腦深處傳來一陣細小的雜音，像是某種訊號。視線甚至沒有在夏以風身上聚焦，他就已經感覺到了。

夏以風是別種東西。這股壓制著他的力量，是別種東西。

此刻，夏以風正緊緊壓制著他，動也不動，彷彿一座沉重的石像。四周的空氣凝滯，沈知陽的呼吸依然鯁在胸口，灼熱的感覺灼燒著肺部，使他的眼前一片空白。

然後，一聲破碎的、憤怒的嘶吼傳來，刺痛了他的耳膜，更像是直接扎進他腦中，令他反胃。

「不，不……」夏以風低聲說，比起對他，更像是在喃喃自語。「我辦不到。媽的，我不能……」

又是一聲吼叫，聽起來不像人類，像是某種野獸，充滿了挫敗和絕望。幾乎要把沈知陽碾碎的那股壓力，突然從胸口挪開了。空氣再度灌入他的鼻腔，湧進肺裡，帶來一陣撕裂的痛楚。沈知陽用盡全身的力氣，阻止自己大口呼吸。

夏以風坐起身，垂下視線，望著他。

隨著視覺逐漸恢復正常，沈知陽的雙眼，看向夏以風的臉。首先看到的，是一雙金黃色的眼睛。那雙無時無刻監視著他的眼睛，他太熟悉它們了；這段時間以來，那股被人盯著的感覺，沈知陽不會搞錯的。

「你不知道我期待這一刻多久了，知陽。」夏以風說，像是十分憎恨他似的咬牙切齒。

沈知陽看著他的嘴唇掀起，露出他早已看過無數次的虎牙。只是現在，那兩顆牙變得又彎又長，從他的牙齦中刺出。

沈知陽只能吸進極少量的空氣。剛才被壓制的胸口，此刻骨頭正隱隱作痛。

夏以風抬起手，手指屈成爪子的模樣，關節用力得泛白。沈知陽的心臟劇烈地跳動，看著細瘦的手指尖端，那些長得足以戳入心臟的指甲。

「我、我聽不懂……」沈知陽的聲音沙啞，掙扎地說，「你在……你在說什麼？」

夏以風狠瞪著他，好像巴不得將他撕碎，渾身繃緊的肌肉，像是蓄勢待發，隨時準備俯身下來，用那些爪子劃開沈知陽的身體。

出現在夢中的那雙手，挖掘著內臟的樣子，再度閃過沈知陽的眼前。就是這樣的一雙手——是夏以風的手……嗎？

「我等另一隻妖怪出現等了好久。你知道嗎？有好幾十年了吧。」夏以風齜牙咧嘴，髮際線浮現出一顆顆汗珠。「當我一聞到你的氣味，就立刻趕過來了。」

夏以風在說什麼？

沈知陽的眼睛瞪得老大，眼前的畫面和腦中竄動的想法，讓他的眼眶刺痛不已。他拚命試著掙扎，但是儘管那股壓力已經從胸口挪開，他依然無法動彈，就連一根羽毛都動不了。不論夏以風是什麼，他的力量，都遠遠勝過他。

「為了讓你真正成熟，我費了好大的力氣。」夏以風的聲音幾乎像在顫抖。

什麼意思？他究竟在說什麼？

沈知陽來回打量著他的面孔，試著從他猙獰的表情中找出一點線索，但是他什麼都看不出來。如果真要說，夏以風看起來更像是承受著某種強烈的痛苦，好像在和什麼東西進行看不見的對抗。

夏以風的視線從他的臉上短暫轉移，跳向他的翅膀。他的爪子高高揮起，沈知陽忍不住倒抽一口氣。他要殺他了。就是現在。

但是夏以風沒有殺他。那隻利爪往下抓來，劃過他的身側，深深刺進一旁的床墊裡，沈知陽羽毛的尖端感受到他的動作所帶來的氣流。

「為了讓你和這隻妖怪真正結合在一起，我做了這麼多的準備。」

沈知陽的大腦艱難地運轉起來。一個念頭逐漸成形，但太多思緒混雜在他的意識裡，他一時之間卻無法釐清。

夏以風的目光再度回到他的臉上，咬牙切齒，眼睛裡布滿了血絲。

「不然就算吃了你，我也只能吃到人類的那具身體。我已經吃那種東西吃太多了。」

啊。

原來，夏以風才是一切的始作俑者。

直到這一刻，一切在沈知陽腦中終於都串了起來。

那些被開膛剖肚的屍體，那些在夢裡不斷糾纏他的東西，把許文琴嚇瘋的東西……都是夏以風一手造成的。

此刻，沈知陽突然意識到，那才不是什麼謀殺案，才不是什麼黑道尋仇。那些政治人物全部都搞錯了。這只是一隻飢餓的妖怪在狩獵而已。

所以……以風對他說過的話，他對他做過的一切。以風看著他的時候，眼神中流露出的好感和熱情。他給他的那些安慰、那些陪伴。

一切的一切，都只是為了讓他接受自己是個怪物的事實。

而今天早上，在他的計畫被夏以風阻止之前，他早就已經成為夏以風的囊中之物——沒有夏以風，他就沒辦法以人類的方式活下去；沒有夏以風的同意，他也無法以人類的身分死去。

這一切，都在以風的計畫中嗎？

「我好餓，真的，好餓。」汗水從夏以風的臉頰上流下，現在，他的身體以肉眼可見的程度顫抖了起來。「你不知道……不知道我現在有多想把你撕開，把你吞下肚。」

沈知陽的大腦一片混亂，只能看著夏以風的面孔，看著那個他再熟悉不過、現在卻變得陌生至極的人——或者妖怪。

夏以風和沈知陽，他們究竟是什麼？

「那……」沈知陽低聲說。「那你……為什麼沒有？」

他還在等什麼？這是某種貓捉老鼠的遊戲嗎？夏以風是在玩弄他的心智，要等他的恐懼達到最高點的時候，才用最折磨的方式殺死他嗎？

夏以風的嘴唇扭曲成可怕的形狀，獠牙刺進自己的下唇，立刻就滲出血珠，但是他好像渾然不覺。

「因為我辦不到。」他低聲吼道。「你還不懂嗎？我辦不到。」

沈知陽眨著眼。夏以風說得對，他確實是不懂。

強壯的妖怪再度挺起身，抽回手臂。他從沈知陽的身上退開時，就像被什麼東西捆綁著四肢，動作僵硬而艱難。

就在同一瞬間，從四面八方湧來的力量，一口氣灌進了沈知陽的身體，炙熱的溫度從胸口開始擴張，像植物的根系般延伸進他的身體各處，直到手指和腳趾尖端。

他試探性地動了一下手，剛才那股禁錮著他的妖力，已經不復存在。

他撐起身子，手忙腳亂地向後退去，翅膀抵上身後的牆面。夏以風站在床尾，依然直瞪著他，渾身緊繃。

「你跟我想的不一樣。」夏以風低聲說。「我以為我能只把你當成糧食，只要等你和體內的那隻妖怪結合起來，我就可以……」

他停頓了好久，久得沈知陽以為他不打算把話說完。最後，他只是懊惱地用力一搖頭。

「但是不行。」

他一步一步，朝牆邊的窗戶退去，一手抓住窗框。

沈知陽的胸口，依然因喘息而劇烈起伏。「等、等一下。」他急忙開口。「你要去哪裡？」

你是不是傻了？腦中有個聲音嚴厲斥責。他剛剛才說他要吃你，你就忘了？

可是還有另一個衝動，一股更原始、更無法用言語表明的衝動，促使他向前傾身，往夏以風的方向爬去。

這或許是他們認識以來的第一次，沈知陽看見，夏以風的臉上閃過一絲類似驚慌的表情。

「不要靠近我。」他厲聲警告。「要是再過來……我不知道會發生什麼事。」

沈知陽硬生生地停下動作，打量著站在牆邊的夏以風。

「你還太年輕了，知陽。你還有好多東西要學。」夏以風緩緩搖著頭。

沈知陽嚥了一口口水。「可是，我要學什麼？我要怎麼學？」他問。「我什麼都不知道……」

夏以風氣急敗壞地低吼一聲。

「那是你要自己想辦法的事。」他煩躁地抓著自己的後頸，指甲刮著皮膚，但是他似乎沒有感覺到痛。「當時也沒有任何人教我，我不是就這樣過來了嗎？」

啊，是的。現在想來，他的確沒意識到，夏以風也許曾經也和他一樣。同樣困惑，同樣手足無措，不知道要怎麼和這個全新的自己共存。

沈知陽默默地看著他，在他臉上來回搜索，卻不知道自己現在究竟是害怕什麼，是怕被夏以風傷害，或是被夏以風拋下。在夏以風身邊，意味著隨時都有可能成為對方的糧食，但是如果只剩下他孤單一個，他又要怎麼辦？

夏以風沒有給他選擇的機會，只是用力一拉，將窗戶打開。屋外的空氣湧進房間裡，帶來了許多沈知陽從沒接觸過的陌生氣味，無法在他的腦中勾起任何記憶。

但這樣的日子，以後就會是他的日常。

夏以風說得沒錯。

如果他早點接受身為妖怪的事實，也許事情就會不一樣。也許他就多了一點時間可以學習怎麼當好一隻妖怪。如果他早點接受妖怪的存在，而不是一直在意識裡抗拒它，也許他就能早點發現以風的真實身分……

「再見，知陽。」夏以風說。「不，也許不能再見了。」

「以風，等等——」

夏以風沒有等他，半個身子探出窗外，在沈知陽面前縱身一躍。沈知陽無法抑制地驚叫出聲，手忙腳亂地爬起身，往窗邊趕去。

但是不必把頭探出去，他就看見了——一雙巨大、足以遮蔽陽光的翅膀，從窗前一掃而過。

沈知陽的心臟怦怦狂跳，站在窗前，久久無法動彈。

夏以風沒有吃他，儘管他還活著，但是就某方面來說，沈知陽這個人已經死了，而由沈知陽變成的這個妖怪，還不知道自己究竟是誰。

作為人類的那一切……他的養父母，他的朋友們，還有夏以風。這一切的美好，在他成為妖怪之後，就不復存在了。

可是這件事，或許本來就沒有選擇。和體內那隻怪物的角力，就算沒有夏以風的促使，他本來就不會贏。最終，他只會走向瘋狂一途，只會傷害更多的人。

淚水從沈知陽的眼眶湧出，但他不太確定自己是為了哪個部分而哭：是他即將展開的新生命，還是他早已失去的人生。

現在，他什麼也沒有了。

可是……可是，還有一件事，他想要知道答案。

那是在他活過的這段時間中，最後的日子裡，他最在乎的一件事。

夏以風沒有吃他，他想，但是他辦不到。這是……什麼意思？

一股熱燙的感覺在胸口湧動，他閉上眼睛，試著用身體去理解它。那是一種從來沒有體驗過的感受，原始而赤裸，推著他、催促著他，告訴他該做點什麼。

但是，是什麼呢？

這也許就是他要學習的第一課：從現在開始，除了用大腦思考之外，他還要用身體的感覺去思考。

他深吸一口氣，將那些陌生又熟悉，充滿過多資訊的氣息吸進胸腔。

身後的翅膀彷彿感受到了什麼，開始搧動，掀起一陣陣氣流。他走到窗邊，將半個身子探出去。當他爬上窗臺時，他以為翅膀會被金屬的窗框卡住，但是他的肩胛骨下收，翅膀便向下一縮，滑順地從金屬之間溜過。

沈知陽抬眼看向太陽；原本只是一團亮得令人睜不開眼的強光，此刻，他卻看見了無數的色彩，在他眼前變化萬千。

從此以後，這個世界也會像這樣，充斥著他從未看過的顏色、從未碰觸過的層次。

他的腳往前跨出，踩進一片虛無之中。失重感讓他忍不住尖叫出聲，但是幾乎是立刻，另一股強大的力量托住了他。眼前晃動旋轉的畫面逐漸穩定下來，他終於發現，自己正越過一幢幢房屋的屋頂，往更高的地方上升。

他不知道是不是有人看見了他的身影，但是在這一刻，似乎已經不再重要。

第十一章

沈知陽從來沒想過，走向那間自己住了十幾年的公寓，會感覺這麼複雜。

翅膀已經安安全全地收起來了，但他還是忍不住頻頻回頭，擔心眼角的餘光，又會掃到那一抹模糊的白色影子。

推開一樓的大門，他的腳試探性地踩上通往家門的那道樓梯。身體輕盈的感覺在他心底帶來一股奇異的滋味，既像是欣喜，又像是焦慮。

他本以為自己不會再回來了。從前象徵著「家」的地方，好像在他決心成為怪物的那一刻，就喪失了意義。那麼，現在那股忐忑不安的情緒，又是代表了什麼呢？

站在鐵門前，沈知陽抬起手指，按下一旁的電鈴。熟悉的門鎖轉動聲，此刻在耳裡，除了金屬的碰撞聲之外，還有一絲尖銳、令他想摀起耳朵的共鳴。但他把手插進口袋裡，阻止自己的衝動。

在開啟的門縫間，他看見了養母的半張臉。那隻眼睛一如印象中的溫柔，但是多出了許多過去他從未注意到的細節：虹膜中反射著不同色彩的紋路，以及眼下深深的黑眼圈，血管的痕跡竟然能那麼明顯。

「媽。」沈知陽試探性地開口。

這幾天以來，他沒有說過一句話，他的聲音沙啞得像是屬於別人的。他清了清喉嚨，又試了一次。

養母把鐵門推得更開一些。

後頸的寒毛直豎，沈知陽感到頭皮發麻，他能感受到她的視線掃過他的身體。

在他決定回家的時候，就已經預想過，養母會質問他這幾天的行蹤，他也早就準備好了答案：他翹課了，和朋友跑出去玩了三天。儘管是個漏洞百出的藉口，那又如何？反正養母的憤怒或失望，對他來說已經不具意義。

或者至少他是這樣以為的。但現在站在這裡，與養母真正面對面時，他才發現，事情並沒有想像中那麼簡單。

也許因為身體還留著身為人類時的習慣吧，此刻的沈知陽，覺得自己好像還是和以前一樣，做錯了事、正在等著養母做出判決。

但是養母什麼也沒問。

她只是向後退了一步，讓出一條通道，足以讓他進門。

「回來了就好。」她說，「回來就好。」

啊，他確實還沒有放下作為人類的習慣。否則，單單這樣一句話，怎麼會讓他熱淚盈眶呢？

沈知陽用手背揉揉眼睛，嘴角揚起一絲弧度。

「對不起，媽。」他說，「我回來了。」

既然決定繼續稱呼這名女子為媽媽，他就會把「兒子」的角色扮演好。就算只是最基本的形式——但他辦得到的，對吧？

晚餐時間，養母準備了他喜歡的食物。糖醋里肌、清炒絲瓜，以及有著大塊排骨的湯。他的味覺不再以過去的方式運作，這些經過料理的食材，在腦中沒有辦法刺激起食欲。他只是坐在桌邊，機械式地將食物送進嘴裡，機械式地咀嚼和下嚥。

他可以感覺到養母的視線落在他身上，不時地打量著他，好像有些問題想問，但是終究沒有問出口。

晚餐平靜地結束，養父和養母對他這幾天的消失絕口不提，也沒有對他身上髒兮兮的制服發表任何意見，彷彿一切如常。只有在他宣布自己要去洗澡的時候，養母在他身後說了一句。

「等一下記得把制服放在水槽裡。那些印子可能要用漂白水才洗得掉。」

沈知陽不禁懷疑，她究竟知道多少？現在在她眼中，他還是原本的那個兒子嗎？他無從判斷。

但沈知陽決定配合演出。如果不質問他的行蹤是他們給他的溫柔，那麼，維持他們生活的平靜，就是他的回報。

這天晚上，躺在那張小床上，從窗簾外透進的微光，依然讓沈知陽看得著迷。經過這幾天，他還沒有完全習慣自己的視力。那些在光線中飛旋的微小粒子，光影中細膩的變化，他以往從來沒有看見過。

或許，就算看見了，以前的他也視而不見吧——這些細小的事物，現在竟然開始產生了一種別樣的美感。

沈知陽不知道自己最後是怎麼睡著的。但是當陽光透過眼皮，打進他的視野裡時，他覺得體內好像充滿了能量。

他翻身跳下床，照著自己過往的習慣盥洗和更衣。站在浴室的鏡子前，他將一頭金髮拉到腦後綁起，那張臉看起來沒有改變，但眼神……沈知陽強迫自己盯著那雙眼睛，強迫自己習慣那股似乎過度銳利的視線。

離開家門前，沈知陽及時提醒自己停下腳步。養母在客廳的沙發上折衣服，此時正往向他的方向，一動也不動。

「媽，我出門嘍。」他用輕快的語氣這麼說。

養母露出微笑，不過沈知陽不太確定，那是感到寬慰的笑容，或是悲傷。

搭著公車來到校門對面的路口，與其他身穿制服的學生站在一起，沈知陽突然湧起一股想要轉身離開的衝動。

這麼做究竟有什麼意義？這些年輕的孩子，他們會繼續長大、繼續在人生中前進，但是他呢？如果和夏以風一樣，學校、知識，還有他所體驗過的一切經歷，對他而言都不再重要。現在他要學的是另一種生活方式，另一種「存在」的方法。

他幾乎就要打退堂鼓了，但是就在這一刻，綠燈亮起。學生們魚貫踩上斑馬線，而沈知陽的雙腿好像有自己的意志，跟著他們往前走去。

沈知陽吐出一口氣，垂下頭，沒有嘗試阻止自己。

也許他身為人類的那部分，還沒有完全消失。他想，如果真是這樣的話，那也不壞。他能和體內那隻妖共存，他辦得到。

身邊的學生沒有特別注意他，當他爬上通往教室的樓梯時，他甚至產生一種錯覺，好像這幾天的一切只是一場夢。

直到他走到教室門口的時候。

不需要進門，也不需要親眼看見；光是站在教室外的磁磚上，那股涼意，就已經經由鞋底傳進他的雙腿。

他的腳步在門邊停下，而有那麼一刻，他懷疑這裡到底誰才是妖怪。教室裡朝他投來的視線，那一雙雙充滿敵意、毫不遮掩的眼睛。如果現在走進教室裡，他們會對他做什麼？

「沈知陽？」

一個聲音從教室角落傳來。沈知陽抬起頭，正好看見張彥宸的臉。男孩臉上粗濃的眉毛緊緊蹙起，打量著他，但和其他人相比，張彥宸的表情更像是困惑。

溫熱的感覺從喉頭湧上，沈知陽嚥下一口口水。

儘管像是上輩子的事，但他還記得最後一次，他對張彥宸說的話。

——我怕我會傷害你。

現在這句話，究竟成不成立呢？

沈知陽還沒有做好決定，張彥宸就從座位上站了起來。他跨著大步朝他走來，沒有絲毫猶豫，接著一隻手「啪」地一聲拍上沈知陽的肩膀。

「靠北，消失那麼多天也不會說一聲。」張彥宸說，「我還以為你也要轉學了。」

沈知陽張開嘴，卻一時不確定要說什麼。

張彥宸盯著他的眼神，就像是一種挑戰，但是配上他說的那句話，沈知陽卻覺得他更像是在請求。

「對不起。」

這三個字脫口而出，但是似乎再貼切不過了。

是啊。他們這群朋友，現在只剩下這幾個人了。這都是他的錯。

張彥宸的眉頭似乎舒緩了一些，扯起嘴角。

「拜託你不要再搞失蹤了。」他說，「至少訊息可以回一下吧？」

沈知陽對他露出歉意的微笑，僵硬的雙腿，此刻終於恢復行動力。

來到原本屬於他的桌邊，沈知陽坐了下來。不知為何，感覺現在這套桌椅變得好小、好擠。隔壁的位置是空的，那裡本來是夏以風的座位，只是現在那裡再也不會有人坐了。

心底有一股異樣感在翻攪，沈知陽把視線收回自己的桌面上。直到第一節課的上課鐘聲響起，他都沒有離開那張椅子。

老師走進教室，站上講臺，目光掃過整間教室。當老師的眼睛轉向他時，沈知陽反射性地迴避了。如果老師問起他這幾天缺席的原因，他不想解釋。但是老師好像完全沒有注意到他有何不同，只是打開麥克風，開始說話。

「昨天我們講到四之一的練習題⋯⋯」

沈知陽將手探進抽屜裡，一邊低下頭，想要翻出自己的數學課本。數學課本壓在練習簿和生物課本之間，他把練習簿抬起，手指在書的封面上摸索。

指尖還沒有真正接觸到任何東西，脖子上的寒毛就豎了起來。只是零點一秒的落差，沈知陽來不及根據本能的警戒反應採取行動，他的手就碰到了某種冰冷、黏膩的東西。

「啊！」尖叫聲脫口而出，他快速將手抽回，卻壓抑不住驚慌的感覺。

血肉的畫面在腦中一閃而過。那種溼滑的觸感，在指尖揮之不去，胃酸從沈知陽的喉頭湧起。

把手舉到眼前，他的指尖顫抖得比想像中還要嚴重。一層粉色的透明物質卡在他的指甲之間，覆蓋了一部分的皮膚。一股細微的甜味往鼻腔裡竄來。

是果醬。是草莓果醬。

為什麼……這種東西會夾在他的課本中間？

再度把手伸進抽屜，沈知陽一口氣把數學課本抽了出來。本來封面上印著的彩色幾何圖形，現在已經變得面目全非。果醬已經滲透到紙張的纖維中，混合在其中的果粒被壓扁了，狼狽地黏在其中一個三角形的尖端。

「噗……」

不知從哪裡傳來一聲低笑，接著，就像低沈的共鳴，四面八方的笑聲將他包裹住。彷彿一張張沒有面孔的嘴圍繞著他，對他露出邪惡的弧度。

「怎麼了？你們幹嘛？」老師的聲音，在笑聲之間特別突出，「沈知陽，怎麼了？」

「我——」

一股氣鯁在喉頭，沈知陽沒有辦法把話說完。他的手顫抖得太厲害了……全身都在劇烈顫抖。但他說不清是因為剛才的小小驚嚇，還是因為憤怒。

他深吸一口氣，試著平復胸口收縮的感覺。他的視線往一旁轉去，突然注意到，隔著一個走道的同學正側著頭，用眼角看他。

沈知陽突然湧起一股衝動，想要把握在手上的那本數學課本，塞進那人的喉嚨裡。他想像著男孩的嗚咽聲，想像著他的雙眼因恐懼而睜大，想像著他的喉嚨被異物堵塞、逐漸失去呼吸的能力。

想要感覺到那個人的生命在他手中流逝，要他為自己的惡意付出代價……

沈知陽倒抽一口氣，把課本放回桌面上，脫離自己的掌握。

他怎麼會有這種念頭呢？

「我的課本……弄髒了。」他低聲說。

四周的笑聲似乎變得更響。沈知陽沒有抬頭。

「笑什麼？」老師的話像從很遠的地方傳來的，「誰有衛生紙借他一下？」

窸窣聲傳來，接著有人從後方將一包抽取式衛生紙放到他的桌面上。沈知陽把黏在課本表面的果醬擦掉，再把自己的手指擦乾淨。但是那股黏膩的感覺依然存在，課本的封面也疲軟發皺，好像一翻動就會破掉。

臺上的老師試著拉回學生們的注意力，繼續講起課，這個小小的插曲，就這樣過去了。但是沒有人注意到，整堂課，沈知陽都沒有動過他的書。

下課鐘響起，沈知陽依然留在座位上。他彎下身，將抽屜裡的書本全部拿了出來。

除了數學課本之外，幾乎整個抽屜裡的其他東西，都無法倖免於難。黏稠的果醬從課本之間流了出來，他的課本和作業簿、連放在抽屜角落的幾隻筆，全都被半乾的粉色醬料包裹。

是誰做的？

他們是以為他不會再回來了嗎？

不，不對。他們就是知道他還會回來，才會做這種事。否則他們的惡意，是要展現給誰看呢？

腸胃一陣翻攪，剛才那股怒氣再度向大腦湧去。他抬起眼，在教室之中尋找著。

那個之前把他的桌子搬到走廊上的男孩。是他吧？一定是他搞的鬼。這是為了報復夏以風踢了他的那一腳嗎？

接著，沈知陽就看到了。那個男孩就坐在教室牆邊，靠著一根樑柱，此刻，正直直往他的方向看過來。

對上沈知陽的視線時，男孩便露出了一絲微笑，接著，他的嘴唇緩緩地拉開，做出了兩個無聲的嘴形。

——怪胎。

體內彷彿有什麼東西「啪」地斷開了，沈知陽渾身發熱，還來不及阻止自己，就從座位上站了起來。

他的桌子向後倒去，撞上前面座位的椅子，發出刺耳的巨響。

既然他們都認為他是怪胎，那他就讓他們看看真正的怪物。

在沈知陽眼前，教室裡的一切突然像是多套了一層彩虹的濾鏡，一切都變得更加鮮豔、濃烈，在他的視線邊緣，好像有一股迷霧逐漸往中央靠攏。他的視野範圍越來越小，直到眼裡所見只剩下那個男孩挑釁的微笑。

熱度往他的手腳末梢湧去，不只是手腳，還有背部。肩胛的地方燙得像要燒透他的皮膚，好像有什麼東西要從身體裡鑽出來，而他不想阻止。

「對不起。」

一隻強而有力的手搭上他的肩，硬生生地打斷他的思緒。

視野四周的迷霧像倒帶般退卻，濾鏡似的色彩也從眼前褪去，沈知陽扭過頭，卻看見張彥宸的臉。

「我以為我都清乾淨了。」張彥宸低聲說。

「什麼？」

沈知陽的喉嚨還鎖得死緊，聲音沙啞不已。

「他們就很無聊。」張彥宸說，「以為你跟夏以風都不會再回來了，把你們的位子當成公共空間啦。所以就有人在這邊吃飯，垃圾亂丟——」

沈知陽不需要聽他說完，他知道他的意思。這些人在他的座位裡塞了垃圾，或許是基於惡意，但是張彥宸幫他整理過。

憤怒的感覺退潮，取而代之的是一陣無法抑制的罪惡感。沈知陽的肩膀垮了下來，吐出一口氣。越過張彥宸的肩膀，他可以看見梁芷含正睜大眼，往他們的方向望過來。

「沈知陽。」張彥宸又說了一次。

從他的眼神判斷，好像只差沒說出「拜託」那兩個字。

不，沈知陽知道，他不能做任何事。就算只是為了張彥宸和梁芷含，為了這兩個僅剩的「朋友」，他也要當好這個人類的角色。

「好。」他回答。

「來吧，我幫你。」張彥宸說，「你要怎麼處理這些？」

沈知陽低頭看向桌上狼籍的書本。最後，他和張彥宸一起把那些課本丟進了資源回收箱。

那個挑釁他的男孩，或許是從他的動作中感覺到了什麼，接下來的一整天，他都沒有再和沈知陽有過任何接觸。

放學時，沈知陽感覺肩上的重擔終於減輕了。他只想趕快回家，將自己關進房間裡，遠離任何有可能接近他的人類。不知為何，他總覺得，只要有人類靠得他太近，他的渾身肌肉就會忍不住繃緊。這究竟是出自於自我保護的本能，還是更邪惡的東西——因為他想傷害他們？

如果躲回家中，他就可以窩在床上睡覺。只要睡著，這些危險就不會存在了。對吧？但是就在他準備揹著空空的書包起身時，兩個人影一前一後地出現在他身邊的走道上，擋住他的去路。

抬起頭，他看見張彥宸和梁芷含正站在那裡。

「要跟我們一起去吃飯嗎？」張彥宸問。

「應該不了吧。」沈知陽說，「我有點……累了。」

「別這樣，知陽。」梁芷含低聲說，「至少跟我們說一下，你這幾天發生什麼事了。」

沈知陽猶豫著。

他要說什麼，他能說什麼？這一切實在難以言喻。但是看著眼前男孩和女孩的表情，他說不出另一句拒絕。

分崩離析的朋友圈，是他一手造成的。那麼，和他們說實話，是不是一種負責？就算再怎麼難以置信，就算他們真的認定他是個瘋子，至少他盡了自己這一份力。

「好吧。」

梁芷含露出了寬慰的微笑。沈知陽忍不住暗自瑟縮，等到他們聽完了他的說法，也許她就不會再對他笑了。

三人前往小吃街的烤肉飯便當店，這次他們沒有外帶。店裡擺了幾張方形的小桌子，此時除了一張桌邊坐了兩個上班族，剩下的都是和他們一樣穿著制服的學生。

三人在靠近牆邊的那張桌子坐下，張彥宸和梁芷含點了餐，但是沈知陽沒有。

「你不吃嗎？」梁芷含問他，沈知陽只是聳聳肩。

「我不餓。」

他說話的話，只有一半是實話。儘管店裡瀰漫著烤肉醬的氣味，但是這個味道並沒有辦法刺激他的食欲。

不過他確實是餓了，很餓。那種飢餓感，從幾天前離開夏以風的房間之後，就隱隱在他的腹部深處徘徊，像一隻爪子緊抓著他。

看著張彥宸和梁芷含端著餐盒回到桌邊坐下，沈知陽拿起杯子喝了一口。內用的客人可以喝免費的麥茶，沈知陽雖然沒有點餐，但他想，老闆娘應該不會太介意。

「你應該知道我們要和你說什麼吧，沈知陽？」張彥宸問。

沈知陽點點頭。

張彥宸將一塊烤肉塞進嘴裡，「所以，你跟夏以風，那是怎樣？」

雖然不算在意料之外，但這個問題還是讓沈知陽愣了一下。

他以為他的朋友們會問他關於妖怪的事——再怎麼不敢置信，他們顯然都已經知道他不「正常」。他已經準備好要把事實全盤托出，就算他們決定從此與他絕交，他也不會有怨言，但是講到夏以風，那又是另外一回事了。

思考了一會，沈知陽決定把問題拋回去：「你是什麼意思？」

「就是你跟他在幹嘛啊？」張彥宸的口氣一如往常地不耐，「他對你的……『問題』，好像完全不覺得奇怪耶。你跟他說過什麼？他到底知道什麼，是我們不知道的？」

沈知陽咬了咬嘴唇。

面對直接塞到眼前的質問，他似乎也沒有什麼好拐彎抹角的了。

「那天，你們也都看到了……對吧？」沈知陽緩緩開口，「我背上的翅膀。」

張彥宸和梁芷含對看了一眼。

「嗯，我本來是希望你可以否認一下的。或者至少說點什麼，證明我們都看錯了。」張彥宸扯了扯嘴角，「但現在，應該是沒有機會了吧。」

沈知陽點點頭。

接下來的幾分鐘，他便把一切都說給他們聽了。包括他的惡夢，他所看見的幻覺，以及後來證明那不是幻覺，而是他所處的全新現實。

但是關於夏以風的事，在他即將脫口而出的時候，他又選擇了打退堂鼓。不知為何，提起夏以風的名字，就讓他的腸胃一陣緊縮，帶來一股想哭的衝動。他還沒準備好。

聽著他說的話，梁芷含過了不久就放下餐具，只是靜靜地望著他。張彥宸的咀嚼速度則越來越慢，最後，也將筷子靠在餐盒的邊緣。

他用一隻手對著沈知陽比劃，「所以，你現在是在告訴我，你身上寄生了一隻異形？」

不完全是。比較像是，他本身就是那隻異形。

但是沈知陽只是聳聳肩，「對，差不多。」

張彥宸打量他的眼神，就像是在看一個瘋子。

「你覺得我們會相信你嗎？」張彥宸一字一句緩緩地說，「這種事情……怎麼可能……」

但是從張彥宸的眼神中，沈知陽明顯看得出他的動搖。就算不想相信，但他們都親眼見過了他真實的模樣。現在，只是原本所知的常理和肉眼所見的事實還沒有達成共識而已。

沈知陽張開嘴，正打算回答，但就在這時，一股強烈的氣味灌進他的鼻腔裡。沈知陽倒抽一口氣，想說的話硬生生吞回嘴裡。

在烤肉與便當菜的味道之間，還有一股更原始、更強烈的香氣——是濃烈的食物氣味。

沈知陽扭過頭，在眾多氣味中尋找那單一一股香味的源頭。

他的視線掃過別張桌子上的餐盒，越過一個個顧客的肩膀。接著就像受到磁石吸引，又將視線轉向了櫃檯。

不，不是櫃檯。更準確地說，是站在櫃檯那一排小菜後方，正忙著為學生外帶的餐盒加入配菜的老闆娘。

隨著她手臂的移動，還有上半身的轉動，一陣陣的香味，幾乎以有形的方式從她身上飄散出來。

新鮮的、濃郁的肉食氣味。沈知陽回想起以前在火鍋店聞到的高湯味，還有肉品剛放進鍋裡時，被滾燙的湯汁所逼出的香氣。

沈知陽的腸胃快速蠕動起來，他一手摀住口鼻。

「知陽？你還好嗎？」梁芷含的聲音從一旁傳來，但是他沒有辦法回答，「你想吐嗎？」

他不是想吐。而是如果他不阻止那股氣味鑽進鼻子裡，他害怕自己無法抑制從位置上跳起來的衝動。

眼前突然一陣昏花，他的腸胃攪動，發出清晰的咕嚕聲，更驗證了他的飢餓。好餓，他必須進食，為什麼他到現在，才意識到這股飢餓感有多強烈？

本能拉扯著他，想要帶他前進，就像下了體育課後本能性地想要找水喝一樣，好像得不到滿足，他就會當場昏厥。

但是不行。他不能在這裡失控，更不能把老闆娘當成食物。

「對不起，彥宸。」他含糊地說，一邊伸出手，扯過張彥宸的餐盒。

張彥宸沒有阻止，或者是還來不及阻止。沈知陽一手抓起餐盒裡的蔬菜和肉片，胡亂往嘴裡塞去。

嘴裡的食物味同嚼蠟，但是沈知陽用力將它們嚥了下去。體內再度開始發熱，這次的熱度上升得很快，快得他來不及招架。

吃什麼都好，只要能稍微壓抑那股飢餓感，只要能消滅那種需求，他至少就能不傷害任何人地離開這裡——

「啪」的一聲，像是有什麼東西戳破了充滿韌性的表面。一股重量將沈知陽的身體向後拉去，他差點從圓板凳上翻倒。

「靠……」

他聽見張彥宸的低喊，接著是一句他聽不懂的話：「誰叫你現在把這個打開啊？有毛病是不是？」

沈知陽轉過頭，卻被張彥宸一把從座位上拉起，往店外拉去。梁芷含在另一邊，抓著沈知陽的手臂，好像深怕他從兩人之間掙脫。

沈知陽感覺自己撞到了什麼東西。他回頭，卻被白色的物體遮擋了視線。

是翅膀。白色的翅膀，此刻正光明正大地聳立在他的背上。剛才被他的翅膀撞到的顧客正喃喃碎唸著。

「對不起，對不起。」梁芷含對客人說道：「道具的機關不小心彈開了。」

店外的天色已經黑了，張彥宸帶頭，把沈知陽拉進便當店旁的狹窄巷道內。

抓住他手臂的力道鬆開了。心臟依然怦怦直跳，沈知陽大口喘著氣。現在暫時脫離了氣味的誘惑，取而代之的卻是無法壓抑的恐慌。

他又在朋友們面前露出了自己真實的樣子。這次，他們都眼睜睜地看見了他翅膀戳破皮膚、從背部展開的過程。

沈知陽抬起眼，小心翼翼地望向張彥宸。

「這個……是真的吧？」張彥宸伸出一隻手，象徵性地指向他的身後。

沈知陽輕輕揮動雙翅，搧起一陣微風，以示回答。

張彥宸的嘴張開，又闔上。他的下顎動了動。

「你可能要想辦法控制一下，不要讓那個東西一直冒出來。」張彥宸嘀咕道。

沈知陽苦笑。

「我還在練習。」

張彥宸點點頭，雙手插進口袋裡，站在距離他兩步遠的地方。只是一段短短的距離，但是此刻，沒有任何距離比這更能表現出一個事實：他們是不同世界的……存在。

他相信，現在張彥宸和梁芷含也很清楚這一點了。

「我要回去了。」張彥宸宣布道。

他對梁芷含伸出手，將女孩往巷子外拉去。

在他們走出巷口之前，張彥宸回頭看了沈知陽一眼。

「你快點過來喔。」

沈知陽點了點頭。

看著朋友們的身影消失在視線之外，他感覺到淚水漸漸模糊了眼前的景物。

尾聲

沈知陽一直在尋找他。

夏以風，那個曾經費盡心機，想要把他變成同類，好把他吞下肚的妖怪。那個見過了他真實的模樣，也是唯一被他看見過真實模樣的妖怪。

這些年過去，夏以風在哪裡，過著怎樣的日子？找到下一隻能夠讓他飽餐一頓的妖怪了嗎？或者依然帶著飢餓，在一個個靈魂之中尋覓？

成為妖怪的時間越長，「時間」這回事，就越失去原本的意義。沈知陽的外型，和他真正與妖怪結合的那一天相比，幾乎沒有再產生過任何改變。他依然是當年的那個高中生，只有他的頭髮……那一頭金色的長髮，現在是越長越快了。

他依然把高中唸完，考了大學，然後以此作為藉口，搬離了家裡。他還是照樣去學校上課，一一做著人類該做的事，但是他不知道這麼做的目的何在。

或許，這只是他為了提醒自己還是一部分的人類，所做的無用功。和身體裡的妖怪共存，這件事說容易，也不容易。如果說作為一個人，表現出來的就是他的思想和行為，那麼改變過後的他，又是什麼？

平常時間裡，他可以和那隻妖共存，沒有問題；但是在某些日子裡，某些特別難熬的日子，他會湧起一股強烈的飢餓，餓得他恨不得把自己的翅膀拆下來吃掉。那種時候，他會把自己關在租屋處，等待肚子裡一波波翻騰的飢餓感平息，等待自己渾身的冷汗逐漸乾燥。

他不想變成一隻吃人的妖怪，所以後來他學會去超市購買即期的雞肉，一箱又一箱地囤在自己買的冷凍櫃裡。當他餓得只想在地上打滾時，他就吃帶著血水的生肉，強迫壓下飢腸轆轆的痛苦。

而在這些日子裡，他依然時常想到夏以風。

除了飢餓的感覺之外，還有另一種感受特別強烈——孤獨。強烈得像要把他整個人吞噬，用黑暗包裹著他的孤獨。

夏以風說對了另一件事——要遇到另一隻妖，實在太難了。這段時間裡，沈知陽沒有再碰上任何一個。

日復一日，他獨自一人在人群中移動；沒有朋友，他已經不再和人類交朋友了。他不想冒著會傷害任何人的風險，他以朋友之名傷害過的人，已經夠多了。

後來，他想，他終於能夠稍微揣測夏以風當時的心情。他是在什麼樣的衝動驅使下找到他的，又是為什麼想接近他？也許就是孤獨與飢餓，兩種強烈的本能，強硬地拉著夏以風往他的方向前來。

至少，他是想要這麼相信的。他寧可相信夏以風不僅僅是因為餓，才那麼大費周章地出現在他的身邊。如果有一點點的可能性，他希望，夏以風也有那麼一絲衝動，是因為他也會寂寞。

最後夏以風並沒有吃他，這難道不算是一種證明嗎？

沈知陽一直在尋找他。

直到有一天，在行經學校附近的一條人行道時，他感覺到自己後頸的汗毛突然統統豎了起來，一股靜電般的感覺在他的皮膚表層移動。他不由得停下腳步，四下張望，卻找不到這股感覺的來由。

然後他才發現，並不是因為什麼東西碰到他了。

是那股氣味。一絲若有似無的氣味，夾雜在空氣裡無數的味道之中，正輕輕拉扯著他的某一根腦神經。不，不是大腦，而是某種在意識之下，更為原始的東西。

就像皮膚上的靜電，讓他的汗毛豎起；他感覺到了某個東西。

幾乎像是鄉愁。

那股氣味是一根無形的繩索，緊緊拴住他，拉著他往前走。他不知道它要帶他去哪裡，但是這些年來的學習和摸索，讓他知道，身體有答案。

隨著他的腳步前進，細絲一般的氣味變得越發強烈。他走著，走著，變成了疾行，又成了小跑。他差點沒有忍住張開翅膀的衝動，只想立刻抵達那股氣味的源頭。心臟在胸口瘋狂碰撞的感覺，讓他突然覺得自己又變回完全的人類。

最後，氣味帶著他來到一間便利商店的落地玻璃窗前。在一頭撞上玻璃之前，他硬生生煞住腳步，上氣不接下氣地抬起眼，卻不知道自己究竟該看哪裡。

但是他的身體知道答案。

彷彿受到磁石吸引，他的視線越過便利商店的一排排貨架，銳利地鎖定了一個站在角落的冰櫃前，高挑瘦長的身影。

幾乎是同一時間，那個人的頭轉了過來。

他們的視線在半空中相撞，沈知陽的眼睛，幾乎能夠看見那一瞬間所產生的火花。那雙黝黑的眼，和好幾年前，他第一次看見的時候一模一樣。

『我認識你嗎？』

『我猜應該不認識。』

只是那樣簡單的一來一往的對話，此刻就像是原音重現，在耳邊響起。

眼眶刺痛的感覺再真實不過，沈知陽咬住嘴唇，感受到淚水溢出眼角。

他一直在尋找他。只是他的能力，還沒有強大和穩定到能像當年的夏以風那樣，從遙遠的地方就聞到他的氣味。

而現在，夏以風就在幾公尺以外的地方，定定地望著他。

沈知陽的雙腳有著自己的意志，帶著他往商店的門口走去。自動門打開時，傳來熟悉的音樂聲，沁涼的冷氣立刻包裹住他。

夏以風會逃走嗎？在他們最後的那一番對話後，夏以風現在，會怎麼看他？是把他當成食物、當成同伴，或者其他？

眼看兩人之間的距離越縮越短，夏以風的視線依然和他的鎖定在一起。他沒有逃走，也沒有移動，就只是看著他。

沈知陽在他面前停下腳步。

——全文完

高寶書版集團
gobooks.com.tw

FW411
誰會觸碰妖怪翅膀

作　　者　非逆
封面繪圖　烯
編　　輯　林欣潔
美術設計　李竹鈞
排　　版　彭立瑋
企　　劃　陳靖宜

發 行 人　朱凱蕾
出　　版　三日月書版股份有限公司
Mikazuki Publishing Co., Ltd.
地　　址　臺北市內湖區洲子街88號3樓
網　　址　www.gobooks.com.tw
電　　話　(02) 27992788
電　　郵　readers@gobooks.com.tw（讀者服務部）
傳　　真　出版部　(02) 27990909　行銷部 (02) 27993088
郵政劃撥　50404557
戶　　名　英屬維京群島商高寶國際有限公司台灣分公司
發　　行　英屬維京群島商高寶國際有限公司台灣分公司 / Printed in Taiwan
Global Group Holdings, Ltd.
法律顧問　永然聯合法律事務所
初版日期　2025年5月

國家圖書館出版品預行編目(CIP)資料

誰會觸碰妖怪翅膀 / 非逆著. -- 初版. -- 臺北市 : 三日月書版股份有限公司出版 : 英屬維京群島高寶國際有限公司臺灣分公司發行, 2025.05-
面 ;　公分. --

ISBN 978-626-7391-67-9 (平裝)

863.57　　114003009